# REMEMBRANZA

# REMEMBRANZA

## LÁZARO O. GARRIDO

Número de Control de la Biblioteca del Congreso de EE. UU.:   2019917783
ISBN:        Tapa Dura                              978-1-5065-3070-3
             Tapa Blanda                            978-1-5065-3069-7
             Libro Electrónico                      978-1-5065-3068-0

Información de la imprenta disponible en la última página.

Fecha de revisión: 05/11/2019

**Para realizar pedidos de este libro, contacte con:**
Palibrio
1663 Liberty Drive
Suite 200
Bloomington, IN 47403
Gratis desde EE. UU. al 877.407.5847
Gratis desde México al 01.800.288.2243
Gratis desde España al 900.866.949
Desde otro país al +1.812.671.9757
Fax: 01.812.355.1576
ventas@palibrio.com
805213

Un tropezón del burro sobre el que iba, le hizo volver a la realidad, su figura pudiera resultar graciosa a la vista, tan largo como era, montado en aquel animal, que si bien no era de los más pequeños, sí resaltaba de manera desproporcional con su figura, de un hombre alto de estatura, más bien delgado, aunque joven y apuesto, a sus veinte años de edad, ya presentaba ese aspecto enjuto y huesudo que le acompañaría por toda la vida.

El camino que transitaba estaba cubierto por una fresca sombra producida por los algarrobos, flamboyanes, almácigos y otra multitud de especies de árboles, que crecían a los mismos bordes del camino, bridando una agradable temperatura a los que transitaban por él, muchos de aquellos árboles se encontraban sosteniendo la cerca alambre de púas, que delimitaba unas de otras las parcelas, o fincas de los contornos, que eran muchas y de variados tamaños.

En un movimiento que se pudiera calificar de mecánico, sacó de su pecho el silbato que traía colgado del cuello y sopló, produciendo aquel sonido tan conocido por los vecinos, con el cual les anunciaba su llegada como vendedor ambulante, aprovisionador a domicilio de ropas, artículos de uso personal, telas, adornos, y otras mil bisuterías que vendía con una pequeña entrada de dinero y cortos pagos semanales, ganándose de esta manera su modo de vivir.

Había nacido en la costa atlántica, en una de las Islas Canarias, específicamente en Tenerife, lugar del que no tenía la más mínima idea, pues de ella, ciertamente no recordaba nada por experiencia personal, y de la que solamente sabía con cierta certeza, porque así se lo habían contado, de su nacimiento en el lugar, y que sus padres le habían traído a este continente, después de una travesía larga y dificultosa, partiendo desde las costas del vecino Marruecos; él tendría entonces dos o tres años a lo sumo, por lo cual no era posible que recordara absolutamente nada de aquellos parajes donde había nacido y pasado sus primeros tiempos de vida.

De eso hacía casi veinte años, por lo que su vida se había desarrollado en América, siempre pobre, pero, como le decía su padre honrado a carta cabal.

El paso por estos lares le recordaba mucho a Aniceto su infancia, por allí, a sólo unas leguas de distancia, en una pequeña inclinación y próximo al arroyo, que por aquí también pasaba, había transcurrido la mayor parte de su vida, en una finquita donde sus progenitores se habían establecido con los ahorros que trajeran de la madre patria.

En aquella finca vivieron durante muchos años, hasta que su padre ya viejo, cansado, enfermo, y arruinado, decidió vender el pedacito de tierra, para trasladarse a un barrio en las afueras del cercano pueblo.

—No aguanto más—había dicho a su madre en un momento de descanso— este trabajo de sol a sol, día tras día, mes tras mes, año tras año, para al final vivir toda la cabrona vida, pasando penurias y necesidades de todo tipo, es algo a lo que no le veo la ventaja por ninguna parte. Así que voy a vender y con el dinero que nos den, compraremos una casita modesta y nos quedará algún dinero para ir tirando hasta que lleguen tiempos mejores.

A lo dicho hecho, vendió su pedazo de tierra y se mudaron para las afueras del pueblo como habían planificado.

Era un pueblo pequeño, pero pueblo al fin, tenía comodidades y facilidades para obtener productos y cosas necesarias para el diario, y relaciones con otras personas que de alguna manera hacían la vida mucho más llevadera.

Allí de cierta manera la vida de Aniceto cambió, pudo asistir a la escuela, hacer amigos, entre los que se encontró a Eloy, un coterráneo, procedente de la misma aldea en Tenerife, con el cual por la coincidencia y cierta empatía, que de inmediato estableció una gran amistad.

Pero esto no duró apenas un año, solo unos meses después su padre había muerto de manera tranquila: se acostó una noche y no amaneció, el golpe fue muy grande para su madre Mercedes, que a pesar de su hijo, se sintió de pronto en la desolación, y el abandono, sumiéndose en una terrible tristeza que le hizo la vida insoportable, incluso en los últimos tiempos se notó en ella una cierta pérdida de sus facultades mentales, por lo cual el joven no tuvo que esperar mucho, para que su madre también le abandonara, quedando definitivamente solo en esta parte del mundo.

Desde entonces la necesidad le había obligado a hacer de todo; desde muy temprano hizo de cuanto fue necesario para ganarse el sustento, ahora, gracias a Eloy su amigo de la infancia que le había prestado el dinero necesario, se establecía con un pequeño comercio ambulante de venta de artículos variados, los que compraba en la zona comercial de la capital y a lomo de burro salía a venderlos por esos caminos de Dios, hasta el último de los rincones, siempre con un recorrido más o menos parecido, por lo que generalmente era esperado por sus clientes, gente que de otra manera tendría que dirigirse al pueblo para hacer estas compras, además de tener que efectuar los pagos al momento y en efectivo, cosa que la que la mayoría no estaba en condiciones de hacer, por lo que el negocio le daba para vivir.

Otro tropezón del burro, que casi lo hace caer, lo trajo de nuevo a la realidad.

—Pancho, estas hoy del carajo... a ese paso vamos a terminar revolcados por el suelo—dijo al burro mientras lo espoleaba con los talones.

El animal resopló, y enderezó el paso, apresurándose, como si hubiera comprendido la protesta de su dueño, y nuevamente Aniceto desde su posición pudo observar el conocido y rítmico movimiento de las grandes orejas de la bestia al caminar, y el vendedor ambulante se hundía en sus pensamientos a rumiar recuerdos hasta que un sueño tranquilizante comenzó a rondarle.

Así iba dando cabezazos al momento en que cruzaba frente a una hermosa mocetona, quien a verle le gritó.

— ¡Ea, despierte hombre, que va a caer de ese burro!

Aniceto se enderezó, movió rápidamente su cabeza, miró para el lugar de donde venía aquel agradable, dulce y sonoro timbre de voz, y se quedó sorprendido con tanta hermosura y belleza.

"Quien será esa mujer tan fuera de lo común" pensó, y de inmediato dio un tirón a las riendas de pancho con la intención de detenerse, para conocer a la muchacha, pero ya la joven se había perdido entre la hilera de árboles que daban acceso a la entrada del sitio donde vivía.

Durante esa semana, la imagen de la mocetona no le dejó casi ni un solo instante, si estaba despierto pensaba en ella, si dormía le llegaba en sueños como una agradable aparición, en algunos de estos sueños, no sabía el por qué le llegaba desnuda, caminando sobre la hierba descalza, y no con ropa, como la había conocido, entre un área totalmente florida, mezclándose su imagen y las flores de forma tal que su piel parecía compuesta por múltiples pétalos de variados colores de flores.

No tenía dudas que tan solo de mirarle por unos segundos, le había impresionado de una manera poco usual para alguien como él, que por la labor a la que se dedicaba, se mantenía en contacto permanente con personas del sexo opuesto, y eran muchas las muchachas atractivas y agradables, con las que mantenía contacto, casi a diario en sus recorridos.

Ese mes alteró sus recorridos con la intensión de tropezarse de nuevo con ella, y cinco días más tarde estaba de regreso por esos lares, y esta vez para su deleite, tuvo oportunidad de conocer de cerca a la joven, que días atrás le había gritado alertándolo, mientras dormitaba para que no cayera del burro.

La muchacha había salido al toque del silbato, y le esperaba frente a la talanquera de entrada a la finca donde vivía, al verla de cerca, el vendedor sintió que sus expectativas en cuanto a belleza, se habían quedado muy por debajo de la realidad, en esta ocasión la mocetona estaba muy bien vestida, con zapatos, bien peinada, como si se hubiera preparado para tal encuentro. El tuvo oportunidad de comprobar que la joven no era solamente un producto de sus encantadores sueños, en los cuales tal vez la había idealizado, bastó una simple mirada, para cerciorarse que era una mujer de un cuerpo de esos sólidos, desarrollados quizás en el duro bregar, o en la continuidad del ejercicio físico, de un ir y venir por lugares donde el esfuerzo era común y cotidiano, por lo menos esa impresión de dieron aquellas pantorrillas, fuertes y torneadas que desde los mismos tobillos anunciaban que sostenían unas piernas fuertes, y un cuerpo como el que se le delineaba por encima de la ropa que traía puesta, de un color azul oscuro con óvalos blancos, de una tela fresca y suave de algodón.

—Dígame qué desea — le dijo el joven bajándose del burro, sin quitarle la vista que se le había prendido de aquellos ojos negros, vivos y brillantes, como el más negro y pulido de los azabaches, que resaltaban en una bella cara, más bien redonda, de nariz afilada y con una tez fina, suave, rosada y con un brillo especial, producido quizás por lo terso de su hermosa piel blanca y rozagante.

—Necesito botones, hilo blanco y agujas — dijo la dulce voz de la joven, que sonó en los atolondrados oídos de Aniceto como el murmullo del agua que corre cristalina próxima a su salida del manantial, desplazándose con suavidad por su cauce.

—Tiene acento español — dijo Aniceto, para comenzar la conversación, mientras sacaba del morral que se encontraba sobre el burro, una bolsa donde guardaba los artículos para tareas de costura.

¿Es usted de la madre patria, quiero decir, de España?

—Pues, si, soy de España, para más detalles, de Galicia, nací allá en las alturas del macizo montañoso Galaico, en una aldea que se encuentra muy cerca del pico Peña Trevico, en el mismo límite con León, aunque estoy por acá desde pequeña. Mi padre llegó a estas tierras hace ya muchos años, vino como soldado formando parte de las fuerzas del ejército colonial, se había alistado allá en el terruño, más que otra cosa huyéndole a la situación imperante, ya sabe usted, los conflictos y los abusos, a que se veía sometido por los señores de la nobleza, bueno, esto le he oído decir, porque como le he dicho vine pequeña, según dice mi viejo, allá en esos tiempos los dueños de tierra, explotaban a los que como él, se encontraban bajo su total control y dominio, hasta sacarles el mismísimo hígado por la boca, trabajaba como un burro y nada, bueno no como un burro, como ese sobre el que viene montado, que se ve a las claras que lo suyo es llevarlo para acá y para allá sin mucha carga, hablo de un burro de esos que se la pasan por las montaña en arrias cargados hasta más no poder, días y días hasta llegar a su destino.

El ejército para él, según le he oído decir más de una ocasión, fue lo que se dice, una panacea, un montañés como era, acostumbrado a los duros trabajos de largas jornadas agotadoras, de pronto, ya sabe usted, marchar, hacer la guardia, permanecer en el cuartel, y alguno que otro encuentro con los insurrectos, en los cuales, si bien exponía su pellejo, lo hacía sin gran esfuerzo, ya sabe, lo que se dice sin pasar mayores trabajos.

Nada, que según ha contao, fue cosa fácil, siempre ha dicho que esas no eran tareas para un hombre como él, que aquello era para señoritingos de la capital.

En fin que aquí terminó su servicio militar, y le propusieron quedarse, y con tal de no regresar a pasar trabajo a la tierra que lo vio nacer, dijo que sí y aquí le dejaron, porque casi a finales de la guerra le ofrecieron estas tierras.

Y... ¿usted también es español?

—También— dijo Aniceto, entregándole la mejor de sus sonrisas, mientras ponía en sus manos las muestras de los botones, un pequeño sobre con varias agujas, y un carretel de hilo blanco. — soy nacido en la costa Atlántica, en una de las Islas de la Canarias, según me han dicho, soy nacido en Tenerife, te digo que me han dicho, porque te debo decir que, acordarme, lo que se dice acordarme, no me acuerdo absolutamente de nada de aquello.

—¡Ah, Isleño! — dijo la muchacha mirándole a los ojos, y brindándole también una de sus mejores sonrisas para continuar:

—Sabe yo si me acuerdo del lugar donde nací, es un recuerdo tal vez borroso, pero firme y bien gravado en mi memoria, sí, ya lo creo que me acuerdo de mi tierra, como no.

Aniceto sin dejar de mirarle a los ojos dijo:

—Según parece salí de allá mucho más pequeño de lo que salió usted, sé solamente que nací allí, y que mis padres me trajeron muy pequeño a este continente, después de una larga y difícil travesía por el mar, que partió desde las costas africanas si no me acuerdo mal de Marruecos.

—Eso debe ser— dijo la muchacha, con expresión alegre en el rostro y la intención de continuar la conversación con el joven vendedor, pero sin tener un verdadero tema que abordar— que vino usted muy pequeñín.

Aniceto en el fondo de su alma hubiera querido quedarse todo el día allí, vendiendo aquellas bisuterías a la bella muchacha, pero pronto, desde lo lejano de la finca sintió una voz gruesa de hombre que les gritaba:

—Ea, qué a pasao que te demoras de esa manera para comprá uno hilos y botones — era el padre de la joven, que no le perdía pie ni pisada a su hija, cuando se alejaba aunque fuera unos metros de los límites de la finca.

—Me tengo que ir, que mi padre me está llamando —— dijo la joven con expresión suplicante, como si pidiera disculpas por tener que retirarse— me quedo con esos mismos botones, con el hilo y las agujas.

Aniceto mirándole de manera implorante y en un susurro le dijo:

—Antes de irte, dime por lo menos cómo te llamas, no sabes cuánto me gustaría conocerte y poderte visitar, aunque sea un ratico, una vez cada semana, digo ya sabes cuando pase por estos lugares.

—Me llamo Felicia, también me gustaría conocerte y que me visitaras, pero eso es harina de otro costal, mi padre tiene un carácter, que ni hablar del caso, ya sabes cómo somos los gallegos y él en especial es como canuto, mientras más viejo más bruto.

Felicia pagó su mercancía y salió casi corriendo para su casa, no había caminado ni dos metros, cuando sintió a sus espaldas la voz del vendedor que le decía:

—Mi nombre es Aniceto— y conociendo de antemano que desde ese momento alteraría sus recorridos, agregó —paso por aquí dos veces por semana.

Ella, se detuvo por unos instantes, volteó la cabeza, le miró de pies a cabeza, y se despidió con un movimiento de mano, para después desprenderse a todo correr en dirección a la casa.

En el próximo comercio, Aniceto se detuvo y discretamente hizo averiguaciones sobre la familia de la joven, y allí le corroboraron que Robustiano, que era como se llamaba el padre de la joven, llevaba por allí algunos años, ya casi al terminar la guerra y con el propósito quizás de establecer en la provincia de ultramar hombres, que de alguna manera respondieran a la monarquía de la metrópolis, o quizás con la intención de ahorrar viajes de retorno de aquella fuerza, o lo más probable con la valoración estratégica, de no afectar más aún la crítica situación económica por la que atravesaba España, o no se sabía por qué, hacía finales de los 1800, habían repartido aquellos señoríos y realengos entre soldados de la corona, que eran desmovilizados, prerrogativa a la cual se había acogido don Robustiano, quien no tardó en mandar a buscar a su mujer y a su hija, las que atravesaban una triste y crítica situación, allá en la Galicia natal y las que añoraba y quería con él, en la nueva vida que tenía ante sí, por lo que en poco tiempo tuvo junto a sí, a su mujer y su pequeña hija.

Allí en el sitio que le habían entregado, trabajando como un buey de sol a sol, había comenzado a establecerse en América junto a su familia; ya pasados los primeros diez años, empezaba a estabilizarse su situación en la finca, y podía respirar con cierta tranquilidad, desde el punto de vista económico.

Para terminar, el comerciante le dijo a Aniceto algo que se le quedó grabado en la memoria.

"Ese hombre tiene fama de hombre honrado, buena gente, serio y laborioso, pero también de cerrado de entendimiento, dicen los que le conocen de cerca, que es testarudo como una mula de carga, y tan bruto que si se cae come hierba, como cualquier cuadrúpedo".

Ese fin de semana, Aniceto visitó a su amigo Eloy Abella, quien era unos dos o tres años mayor que él. Habían hecho juntos la travesía desde Canarias, gracias a los cuentos que le hacía él, Aniceto podía recordar o conocer detalles, tanto de su tierra natal, como de la travesía en el buque de pasajeros que había demorado suficiente como para que Eloy aún se recordara de todos los rincones de la embarcación en la que habían navegado.

Después sus padres se establecieron en el mismo lugar que los suyos, aunque aquellos pudieron prosperar mucho más, quizás por los conocimientos que tenían, sobre todo el viejo Abella, del giro del comercio, o tal vez porque tenía parientes con negocios montado, que le habían ayudado en la arrancada, lo cierto es que su modo de vivir, desde un primer momento, fue mucho más holgado y placentero, no obstante, habían asistido a la misma escuela primaria y secundaria, aunque esta última Aniceto no la terminó, porque su padre no tenía dinero para costear los gastos, y por ser necesario que se incorporara con él en las labores de la finca, aunque esto último no había afectado en lo más mínimo las relaciones entre los dos muchachos, salían juntos de pesca, y a recorrer lugares tanto en el campo, como en la ciudad, habían conservado desde su llegada a

América, una fuerte relación de amistad, que ahora, que eran un par de jóvenes se consolidaba, compartiendo fiestas, paseos, y contándose intimidades.

—He conocido a una muchacha que me ha prendado tan sólo de verle —dijo Aniceto después de saludar a su amigo.

—Ah, así que flechado por Cupido tan pronto— dijo Abella sonriendo, mientras se sentaba en una butaca de mimbre convidando a su amigo a que hiciera lo propio en otra idéntica, que formaba parte de un juego, que era utilizado en la terraza del patio, lugar desde donde se podía apreciar del paisaje y disfrutar de la brisa, y tranquilidad proveniente del amplio patio, sombreado permanentemente por las arboledas de frutales de aquella vieja, fresca, y cómoda casona, donde, quizás por estas mismas razones, desde muchachos acostumbraban a sentarse.

—Mira quién habla de temprano para enamorarse —respondió Aniceto, también con una franca sonrisa ——por cierto que creo que esta muchacha vive en la finca de al lado de tu novia María Elena, realmente no estoy completamente seguro pero me parece que es así.

¿Ella no vive en el lugar conocido por la curva de María Luisa?

—Sí, — dijo Abella— allí mismo, en la finca de nombre "El algarrobo" que se encuentra precisamente frente a un frondoso árbol, de esa especie.

Si es así, ella debe conocer a tu muchacha, pero... ya son novios o solamente están en el proceso de conocerse.

—Bueno... se pudiera decir que ni lo uno, ni lo otro, nos vimos un par de veces, que para mí ha sido lo suficiente como para enamorarme como un bobo, y te debo decir que aunque no sé qué pensará, me parece que ella también siente cosas por mí, no es nada hablado, es algo que ella transmite con su manera de hablar y de mirar, es algo que recibo con todo el agrado del mundo, ya sabes cómo son esas cosas, es algo que se siente, adentro de uno, tu sabes, yo solamente de verla me emociono de tal forma, que hasta me pongo nervioso.

—Le voy a preguntar a María Elena el Jueves cuando la visite — dijo Abella, mientras encendía un Habano después de inspeccionarlo con sus dedos como suelen hacer los fumadores de éste género.

Aniceto que venía siguiendo lo dicho por su amigo, se recostó en la butaca, como asaltado por una duda y dijo:

—Ahora que hablamos de María Elena y que me he fijado bien en el lugar donde vive, se me ha ocurrido preguntarte:

¿Cómo es posible que seas novio de esa muchacha, si nunca, por lo menos que yo conozca, te has movido por aquella zona?

—Se pudiera decir que es un milagro de la santa trinidad — dijo Abella elevando la vista, como para remontarse en los recuerdos más recientes de su encuentro con la joven.

Era un domingo, como sabes, aunque soy católico, no soy un asiduo a la iglesia, pero aquel día, mientras pasaba por la parroquia, me entraron unos deseos de entrar fuera de lo común, y como inspirado por una mano divina, no lo pensé dos veces y traspasé la enorme puerta que da directamente al pasillo central de la nave eclesiástica, no había caminado ni tres metros, cuando la vi allí de rodillas, con su cabeza inclinada, sumida tal vez en una profunda meditación, o elevando una oración al mismísimo santísimo.

No lo pensé ni un instante, y fui directamente a sentarme a su lado, te debo decir que ella no reparó en mí de inmediato, pero yo no deje de mirarla en su belleza, que me resultó exótica, su piel morena, sus ojos negros, su pelo más bien grueso, aunque lacio y toda ella en su conjunto me impresionaron desde el primer momento, fue algo así como un flechazo directo al corazón.

Aquella mujer, era quizás, la antítesis, de lo que yo hasta ese momento había dibujado en mi pensamiento como la mujer ideal, pero algo en ella me dijo que esa, y no otra, era la mujer que quería para formalizar la vida, y crear una familia.

Ya al finalizar la misa, fue que ella reparó en mi presencia, la saludé con un breve movimiento de cabeza, que fue respondido por ella de la misma manera, y salió para unirse a su madre que salía por el pasillo, para después desaparecer entre la multitud que abandonaba la iglesia.

A partir de ese día, no dejé de asistir a misa ni un solo domingo, haciendo maravillas para sentarme a su lado, hasta que logré entablar con ella, y su madre breves conversaciones, unas semanas más tarde, pude hablar con ella lo suficiente como para expresarle mis sentimientos, sin mucho miramiento me expresó la preocupación de todos en su casa, ella era mulata, hija de un negro con una blanca, yo blanco y español y esa unión no era bien vista por la sociedad.

Muy a pesar mío le reconocí que realmente en mi familia no se entendería mucho, que estableciera relaciones con ella, pero al mismo tiempo le aclaré, que no me importaba un bledo lo que pensaran los míos, ni los demás, que lo que sentía por ella era lo suficientemente grande, como para luchar hasta convencer a mi familia, y a lo que se presentara, que no iba a renunciar al amor por puros y anticuados prejuicios.

Le dije que hablaría con mi familia, si entendían, bien, sino también, parece que esta sinceridad, lejos de afectarme me benefició, porque un par de domingos más tarde, me anunció llena de optimismo que su padre estaba en disposición de conversar conmigo.

Un día de esa semana, me personé en la casa, iba acompañado de mi padre, que a regañadientes aceptó acompañarme, y entonces hicimos formal nuestras relaciones.

Te debo decir, que en la medida en que ha pasado el tiempo, y mis padres han conocido de la calidad humana de la familia de María Elena, se fueron desvaneciendo las dudas, y las preocupaciones, y en la actualidad tengo el apoyo de todos, para un día no lejano, casarme con ella, para tener hijos y formar mi propia familia.

—Ahora entiendo-—dijo Aniceto, mirando fijamente a su amigo— nada, que la vida a veces es verdaderamente caprichosa, mira la casualidad, que ahora yo, que soy tu mejor amigo, me encuentre con la horma de mi zapato, al mismito lado de donde vive la tuya.

A partir de la primera conversación con la joven, Aniceto se las arregló para pasar dos veces por semana frente a la finca de don Robustiano, y siempre era recibido por Felicia, que se las arreglaba para tener alguna necesidad de compra, estableciéndose entre los jóvenes una fuerte relación de amistad, que devino en breve en un sentimiento amoroso, que los mantenía a los dos como flotando por los aires.

Una fresca mañana, que el camino era adornado en su silencio natural por el trino de múltiples pájaros, que retozaban alegremente en las ramas de los árboles, en la cual al sonido del silbato ella había salido, como era costumbre ya desde hacía unas semanas, Aniceto, mirándola de manera cariñosa directamente a los ojos le dijo:

—No sé si consideras oportuno que hable con tu padre, para formalizar nuestras relaciones, porque verdaderamente ardo en deseos, de poder pregonar a los cuatro vientos, y que todos se enteren, que soy tu novio y quiero casarme contigo.

—No sé si ya será tiempo — respondió Felicia, poniéndose seria por unos instantes — no creas por eso que yo no deseo como tú, que todos sepan lo que siento por ti, pero mi padre no es nada fácil, debo primero hablar con mi madre, déjame tantear el camino, y te digo.

Esa tarde mientras comían, Felicia habló a sus padres de Aniceto, el vendedor ambulante, y como para acentuar las cualidades del joven que tanto la había impresionado, dijo:

—Es de España como nosotros, según dice de Tenerife.

Robustiano que estaba tomando una cucharada de sopa, resopló, levantó la cabeza con cara de pocos amigos y en tono sentencioso dijo:

—Te he oío bié, un ileño haz dicho, no vayas a creé tú que e la gran cosa ¿Qué se pué esperá de un ileño, esos que son españole por la fuerza, a la cañona, como quien pudiera decí, pero que en el fondo e su alma nunca lo han querido sé.

¿Qué se puede esperá de un hijo de pueblo que nunca ha visto un río corré, ni las aguas de los cielos desbordándose en raudales como pasa tó lo día en Galicia?

Mira, mija, te voy a aconsejá que no te acerque a ese hombre, no te conviene pa' ná.

Mire padre — comenzó a decir Felica en voz baja— pero su padre interrumpiéndola le respondió:

—Pero, ná hombre, que se acabaron las coverzaá de tó los día en el camino, de hoy en adelante pá comprá, cuando no queé má remedio, que lo haga tu madre Lucrecia, porque lo que e tú, no me pone ni un pié en ese camino, pá vé a ese mocoso ni una vé má.

Y no hay má que hablá de ese asunto.

Felicia se quedó callada, estaba como aturdida, no esperaba una reacción como la que acababa de tener su padre, mientras su madre le miraba con cierta lástima, porque tampoco entendía aquella actitud tan agresiva de su marido, con un joven vendedor, quien le parecía un hombre luchador, y que se veía tan interesado en su hija.

Esa noche al acostarse con mucho cuidado, trató de abordar el tema con su marido, diciéndole:

—Pensé que te gustaría que nuestra hija tuviera su compromiso, viéndolo bien ya está en edad de eso, y el muchacho, mal no se ve, parece un hombre pobre, pero luchador y a ella se le ve tan ilusionada.

Robustiano, que ya estaba acostado, no le respondió, se viró para el otro lado y unos segundos más tarde roncaba como un bendito.

Cosa que hacía siempre, que no estaba en disposición de discutir sobre un tema con Lucrecia

Tres días después, Aniceto sonó el silbato próximo a la entrada de la finca donde vivía su amada, el corazón le empezó a latir con más fuerza que la acostumbrada, era tal la fuerza de sus latidos que parecía se le iba a salir el corazón por la boca, era algo que le sucedía siempre que estaba al ver a Felicia; "cosas de amor", había pensado, pero aquella mañana, casi se le paraliza la respiración, cuando vio salir al camino a aquella señora, que por su aspecto no era otra que la madre de la joven, preocupado de que algo le hubiera sucedido, y sin saludar preguntó a la buena señora:

—¿Le ha sucedido algo a Felicia?

Y disculpe... Que debí ante todo darle los buenos días.

—Sucederle, lo que se llama sucederle, no le sucede nada, — dijo Lucrecia pensativa, como si buscara la mejor manera de decir al muchacho lo que debía— lo que pasa es que su padre, mi esposo, no quiere que salga más para las compras, de hecho hoy no tengo nada que comprar, solamente salí para decirle eso, de que ya no podrá ver más a mi hija, porque el padre se lo tiene rotundamente prohibido.

—Usted debe saber —dijo Aniceto con rostro suplicante— que si me he acercado a su hija, ha sido lleno de las mejores intenciones, que estoy enamorado de ella y me gustaría conocerla más y un día ser su esposo.

Como puede ver soy un hombre pobre, pero de hambre no se va a morir, mientras yo tenga este par de brazos que Dios me ha dado para luchar y abrirme paso en la vida.

Lucrecia miró al joven directamente a los ojos, y le respondió:

—Yo lo sé, hijo, pero el padre está cerrado con eso de que su hija tenga compromiso, yo que usted esperaba un poco, para después, cuando él esté más calmado, hablarle y explicarle lo que acaba de decirme.

Él es más bueno que el pan, pero cuando se tranca hay que dejarlo, porque se pone como una mula, cuando mete la pata en el morral.

Felicia es la niña de sus ojos, al final usted verá como él comprende y cede.

Desgraciadamente para la pareja no fue así; don Robustiano contrario a lo que se esperaba de él, arreció las prohibiciones, no dejaba a Felicia ni asomarse al portal, y cuando sonaba el silbato del vendedor ambulante, el viejo se crispaba, poniendo todos sus sentidos en alerta como si fueran a agredirlo, por lo cual la pareja sufría la separación y la soledad, en que se habían sumido sus corazones, hasta que una mano amiga propició que se pudieran encontrar para tener una muy breve conversación.

Fue a través de Abella, que como se había pensado originalmente, era el novio de María Elena, la vecina de Felicia.

A la mañana siguiente a la visita de Abella a su novia, Aniceto lo fue a ver, para conocer los resultados de su gestión para poder ver, y entrevistarse con su novia.

Abella le ofreció café y mientras encendía su primer puro del día, le miró sonriente, y con picardía, le dijo:

—Ella te esperará en la casa de su tía Paula, será mañana entre las dos y las tres de la tarde, que es la hora en que el viejo duerme la siesta, ahí tienes la dirección, como podrás observar es aquí mismo en el pueblo y bastante cerca.

Al día siguiente, tal y como estaba paneado, Aniceto y Felicia se vieron

—Gracias a Dios que te puedo ver, — dijo Aniceto en un hilo de voz, al ver a su amada que ya le esperaba— pensé que nunca más tendría la oportunidad de mirarme en tus ojos, de sentir tu presencia, que es tan agradable y llena de placer, mi corazón late de tal manera, que parece que no va a parar hasta hacerlo reventar de dicha.

Es algo que agradeceré siempre a Paula, tu tía, que ha tenido la bondad de traerte al pueblo, para que podamos sostener esta conversación.

—Que por cierto será difícil que se repita — dijo Felicia con cara triste — porque ya sabes, mi viejo no entiende eso de que yo ande por ahí, viéndome contigo, hoy me ha dejao salir de puro milagro y a mucha insistencia de la tía, no dudes tú que se aparezca por ahí en cualquier momento.

Por eso pensamos que es mejor no pasarse del tiempo que utiliza para dormir la siesta, la que para él es más sagrá que la mismísima imagen, de la santísima Virgen María.

—Yo no puedo vivir sin verte — dijo Aniceto tomándola por los hombros — tenemos que hacer algo, no te puedes imaginar cuanto he pensado en eso, he llegado hasta a urdir todo un plan para lograr tal objetivo.

—Dímelo — dijo Felicia con lágrimas en los ojos — que yo haré hasta lo imposible para no perder esta relación.

Aniceto le explicó sus ideas, que tenían el propósito de establecer entre ellos formas de comunicación, a través del silbato que este utilizaba para anunciar su paso por los caminos, para que sus clientes pudieran comprarle.

Ella pondría un mantel, colgado de determinada manera en una de las ventanas de la vivienda, anunciándole que ese día se verían y él al verlo, le hacía sonar el silbato con tres toques largos y tres cortos, para responderle a ella que estaría esa noche en el lugar acordado, el cual era bajo un frondoso Flamboyán situado en un recodo del arroyo que cruzaba al fondo y muy próximo a su casa

Estos encuentros se comenzaron a realizar dos días después de aquella furtiva entrevista, una vez que todos se retiraran a su habitación, y se habían acostado en la casa, ella de forma escurridiza salió.

La noche fresca y oscura colaboró con el encuentro, ella había logrado salir de la casa sin ser advertida por sus padres, que ya estaban profundamente dormidos, al llegar al lugar la esperaba él, quien sentía en todo su cuerpo una rara sensación, un sudor frío y un ligero temblor que le partía del mismo espinazo, recorría todo su cuerpo, lo cual era quizás provocado por la ansiedad del encuentro, con alguien que había despertado en él sentimientos tan profundos, alguien que tan sólo con hacerse presente transformaba su estado de ánimos, llenando su alma de colores y perfumes.

Quizás también existiera alguna dosis de miedo en aquel estado de ánimos. Pensó más tarde.

Ella llegó con unos minutos de retraso, venía nerviosa, sudorosa, intranquila, pero resplandeciente, y alegre, por el encuentro, no hizo más que llegar y comenzó a dar explicaciones por su tardanza, pero Aniceto le tapó los labios con su mano y le dijo;

—No hay nada que explicar, ¿Crees que no sé cuanto arriesgas por llegar hasta aquí a escondidas de tus padres y a estas horas? Además no podemos darnos el lujo de perder un segundo de tan preciado tiempo— y la besó, estableciendo contacto por primera vez, con aquellos labios fuertes y carnosos, que tanto deseaba probar con los suyos, haciendo sentir a Felicia la mujer más dichosa de la tierra.

Desde ese día, la contraseña funcionó, ella ponía su mantel, y al escuchar los silbatos de Aniceto, sabían que se verían en la noche, Felicia salía furtivamente, y allí la esperaba él, de manera impaciente en noches oscuras, o estrelladas, bajo los truenos, o el centellar de los rayos, allí él comprobó que aquella mujer le provocaba una manera ardiente de hablar, en la que ni él mismo se reconocía, porque era amor lo que vertía cada una de sus expresiones, y de sus labios las palabras se convertían en flores de colores tenues, que volaban para posarse de manera suave y olorosas en los oídos de la mujer amada, y con ellas trasladar sus caricias, esperanzas y anhelos.

Así fue como entre el perfume de las rosas, danzaron al ritmo del amor más de una noche, avanzando cada nueva ocasión en el reconocimiento del uno por el otro; muchas veces en el embeleso de la satisfacción de la dulce compañía, fueron sorprendidos entre el follaje próximo al río, por el brillo del sol naciente reflejado en las gotas de rocío; entonces formaban tremendo corretaje, porque estaban conscientes de que resultaba en extremo peligroso ser sorprendidos por el viejo, porque si bien era cierto que don Robustiano se acostaba temprano, junto con las primeras gallinas de su patio, también lo era que se tiraba de la cama a los primeros rayos del sol, muchas veces antes que el primer gallo cantara.

—Veo a la niña cada vé má pálida y ojerosa — le dijo Robustiano a su mujer una mañana.

—Debe ser la falta de sol — respondió Lucrecia, mirando al espacio como si implorara a Dios — últimamente ni sale de la casa, la pobre.

Robustiano, rezongó algo que no entendió Lucrecia, y salió para el patio a echarle comida, a los animales.

Algo no le cuadraba en los últimos tiempos, quizás por su nacimiento y el desarrollo de parte de su vida en las montañas, en las cuales durante años se había dedicado a la caza, en la que se apostaba, o salía, a los comederos de animales para sorprenderlos, o tal vez por la vida militar en campaña, siempre a la espera de una emboscada, o ataque sorpresivo, en fin la guerra, a la que se dedicó durante largas temporadas, o pudiera ser por su vida habituada a las imprevisiones del contacto directo con la naturaleza, lo cierto era que sus instintos eran muy desarrollados, casi instintivos y algo le tenía intranquilo, pensaba que alguna cosa pasaba, sin saber a ciencia cierta de qué se podía tratar.

Él, que siempre durmió como una piedra, empezó a padecer de mal dormir, se despertaba varias veces en la madrugada, no se levantaba de la cama, pero permanecía a veces despierto durante horas, allí en la oscuridad de la habitación, sintiendo en el patio los sonidos típicos de insectos, y animales que tan familiares le resultaban.

En una de esas noches sintió ruidos que no le eran conocidos, criado como era en la incertidumbre de la montaña, y acostumbrado a la manigua de la guerra, se conocía cada ruido, el crujir de alguna de las tablas de palma, con que estaba construida su casa, o el movimiento de algún animalejo dentro del guano que la cubría, o el reptar de un majá, o el sonido emitido por una araña, cuando abandonaba su cueva, o el pisotear nervioso de una de las bestias, azorando a un insecto que la molestaba, en fin cada cosa que se movía en el entorno, la podía precisar con claridad casi meridiana, y lo que escuchaba en esta ocasión no era nada de eso, por lo que aguzó sus sentidos, y le pareció oír claramente como se abría la puerta de la cocina, se bajó de la cama lo más silencioso que pudo, agarró el machete, que por costumbre siempre antes de dormir lo ponía recostado a la pared que daba frente a su cama, se puso el pantalón a toda velocidad, y salió todo lo rápido que le fue posible, pero al llegar a la cocina se lo encontró todo en la normalidad, incluso salió al patio, y dio un prolongado recorrido, los puercos y las bestias de trabajo, se encontraban en sus corrales, las aves reposaban tranquilamente en el gallinero.

Nada que se trataba de una farsa alarma.

Mientras, en su habitación, Felicia temblaba de miedo, había estado a punto de ser sorprendida por su padre entrando a la casa, y ella no estaba preparada para algo así, aunque ya después de calmada, pensó que nada tenía de extraño que ella se levantara por la madrugada, en su propia casa para resolver una necesidad.

De todas formas debía ser más cuidadosa, y sobre todo debía tener presente vestirse de manera ligera, cuando fuera a sus encuentros con Aniceto, porque con vestido de los que utilizaba, sería mucho más difícil que nadie entendiera que se había despertado por una necesidad vital.

A la mañana siguiente Felicia visitó a su vecina que se encontraba al tanto de sus encuentros con Aniceto, María Elena, la novia de Abella, que era una bonita y bien formada mulata que tenía aproximadamente su edad, la escuchó con toda su calma, eran amigas desde los primeros días de la llegada de aquella de tierras lejanas, sus fincas eran limítrofes y las casas estaban construidas a una distancia más o menos de cincuenta metros una de otra.

Por ironías de destino quizás, el padre de la joven mulata era veterano de las luchas insurrectas de la guerra independentista, en la cual había alcanzado grados de coronel y desde la culminación de la gesta, campesino al fin, se había dedicado a las labores del campo en aquella parcela, que le fuera entregada terminada la guerra, por el recién creado gobierno de la República.

Desde el primer momento en que se encontraron, las relaciones de don Robustiano con Emilio eran inmejorables; desde un primer instante, tal vez por un reconocimiento del español a la graduación militar del criollo, o pudiera ser por un problema de reconocimiento del gallego, de la inteligencia del mulato, que era muy lúcida y clara, o también por la capacidad y conocimientos de las labores de la agricultura, y el dominio de las características climáticas, y las atenciones culturales que requería cada cultivo, o tal vez por uno de esos misterios de las relaciones humanas, don Robustiano se subordinó a los criterios de su vecino, a quien respetaba y apreciaba de manera franca y sincera, por lo que desde pequeñas las dos muchachas se trataban como si fueran familiares.

—Lo importante es que no pasó nada— dijo María Elena al escuchar el relato contado por su amiga, sobre lo sucedido la noche anterior— claro, la experiencia también debe servirte para ponerte alerta, me parece que a veces te pasas un poco del tiempo del que dispones para los encuentros a escondidas con Aniceto tu novio.

—Es verdad — reconoció Felicia, mirándola con los ojos llenos de júbilo— no creas que me resulta nada fácil vivir así, alejada siempre del hombre que quiero, solamente por un capricho de mi padre.

Yo sé que no me creerás, pero cuando estoy con Aniceto las horas corren como un potro desbocado, y cuando espero a que llegue el día de encontrarme con él, parece que el tiempo transcurre como si se moviera arrastrado por un buey de esos bien viejos, cuando regresan a la tarde cansado de un día entero de dura labor, arrastrando un arado rompiendo tierra, o tirando de una carreta.

Cuando estoy a su lado es como si amaneciera, cuando él no está, es como una noche sin fin, si vieras como me habla, yo no me explico de dónde saca tanta cosa bonita para decir, muchas veces ni entiendo bien que me quiere decir, porque él aunque no fue a la escuela mucho más allá del sexto grado, es un hombre de esos que se las pasan leyendo.

María Elena interrumpiéndola, con una carcajada le dijo:

—Hay mi amiga, se ve que estas bien enamorada del guajirito vendedor.

—Va, será guajirito, vendedor y todo lo que tú quieras, pero, sabes, es mi hombre, el que siempre quise tener.

—De eso no me cabe dudas, — dijo María Elena, poniéndose seria por unos instantes, para nuevamente soltar una de aquellas carcajadas que le eran características.

Alertada por su amiga y preocupada por la experiencia sufrida con su padre, Felicia se preocupó de retornar lo más temprano posible de aquellos encuentros, pero eso duró solamente unas semanas, pronto nuevamente se dejaba arrastrar por el deleite producido por la ternura, la pasión, y el inmenso placer que sentía en compañía de Aniceto, en aquellas escapadas nocturnas para las cercanías del arroyo.

El viejo por su parte, no hizo comentario ninguno sobre lo escuchado aquella noche, no se sabe si lo tomó como algo normal, o si por el contrario como buen cazador, había dejado pasar el incidente para no levantar la paloma, lo cierto es que desde ese día se puso en alerta, despertaba varias veces en la madrugada, e invariablemente se asomaba a la habitación de Felicia para comprobar si se encontraba en su lecho.

Aquel memorable día, quizás por un problema instintivo, tal vez, porque necesitaba de la entrega más absoluta al hombre amado, o simplemente por dejar que el amor avasallador que circulaba por sus venas se fuera por encima de su cauce, desbordándose a borbotones por todo su ser, hasta llevar a sus labios de la manera más tierna y simple aquellas dulces palabras que sonaron a los atolondrados oídos de Aniceto, como un trinar de canarios.

—Quiero ser tuya ——había dicho Felicia, no en un arrebato producido por las caricias que llevaban a su cuerpo aquellas manos amadas, sino en el sublime sentimiento de sentirse ansiada, tomada, amada, hasta las últimas consecuencias, de sentir el alma de aquel hombre amado, goteando de ternura sobre su cuerpo, derramándose de cariño, nutriendo sus angustias, y desasosiegos con el fuego del amor más puro sublime y verdadero.

Él quizás vaciló unos instantes, levantó la cabeza que tenía recostada a su pecho semidesnudo, y le miró a los ojos que eran todo brillo, en la clara oscuridad de la madrugada de luna llena, pero después se entregó gimiendo de placer en el disfrute de aquel cuerpo, que le pertenecía de siempre y que ahora tomaba para disfrutarlo en el momento, y conservarlo eternamente por los tiempos de los tiempos en sus recuerdos.

Aniceto, quitándole de manera suave y delicada, lo que le quedaba de aquella bata de dormir con la cual Felicia se le había aparecido aquel día, para descubrir aquellos pechos más bien medianos, fuertes y sólidos y de pezones grandes, que se inflamaban prometedores ante el contacto con los labios de él, que disfrutaba en la blancura del cuerpo de su amada, formas y texturas que si bien se imaginaba con anterioridad, por el tacto y la vista, ahora ahí, delante de sus ojos se presentaban en toda su grandeza y esplendor, maravillándolo, hasta hacerle exclamar aquellas frases para ella, incoherentes, que le reflejaban en sus atolondrados oídos, el profundo amor que sentía aquel hombre por ella, por lo que en un acto, quizás de pena, o vergüenza se viró de espaldas, sin saber que la redondez, el volumen y la dureza de las carnes de aquella parte de su cuerpo, llevarían a su hombre al límite mismo de sus posibilidades de contención, que le hicieron, primero besar y más tarde morder aquella protuberancia de su trasero, hasta lograr el máximo disfrute, para más tarde, sin apuro, como quien no quiere que el tiempo transcurra, o pretende gravar en su mente cada detalle, cada movimiento, cada tono de respiración, cada pequeña gota de sudor; voltearla para de frente mirar por vez primera su pubis, de negros y acolchonados vellos, que contrastaban de manera tan magistral con la blancura de su piel, y la fortaleza y redondez de aquellos bien torneados muslos, que culminaban en unas sobresalientes y hermosas caderas.

Ella le miró a los ojos, con los suyos cubiertos de un brillo especial, producido tal vez por el inmenso placer de verse contemplada en su desnudez por el hombre amado, o quizás en la imaginación del deleite que sentiría segundos más tarde, cuando su hombre cumpliera aquella suplica que le hiciera minutos antes, de que la hiciera suya para siempre.

Él la penetró con suavidad y fuerza, sintiendo en su carne las de ellas en aquel abrazo definitivo de amor, que los uniría para siempre en el recuerdo de un encuentro tan maravilloso, como el que disfrutaban en esos segundos, para después quedar uno sobre el otro en la tierna laxitud de la satisfacción más plena, y permanecer así en esa posición, con los cuerpos mojados de una mezcla maravillosa de sus alientos, sumidos cada uno en sus pensamientos, disfrutando aún el contacto de la piel, mojada por los líquidos vertidos en la suprema entrega.

Para desgracia de todos, ese preciso día, don Robustiano se había asomado a su habitación, y al no ver a su hija se había vestido, y con una estaca que arrancó del cabo de una guataca, había salido sigilosamente para el patio, siguiendo desde allí los rastros dejados por las huellas de su hija, hasta llegar al lugar para sorprender a Felicia y Aniceto en la desnudez del amor y la entrega.

Aniceto deleitado aún con la experiencia que acababa de disfrutar, no se percató de la llegada del viejo, fue ella que desde su posición pudo alcanzar a ver la silueta de su robusto padre cuando descargaba el primer golpe sobre la espalda en cueros de su amado, por lo que solamente emitió un gritillo de desesperación, mientras se levantaba a todo correr para ponerse sus ropas mientras, don Robustiano a la par de golpear brutalmente el cuerpo de Aniceto, acompañaba esta faena con frases entrecortadas.

"Así te quería agarrá cabrón, tú va a vé como no te va a olvidá de mí el resto de tu puñetera vida, no té vo a dejá un gueso sano, tu va a aprendé a respetá a lo hombres"

A cada golpe, al que Aniceto no hacía la menor resistencia, por respeto al padre de su amada, o tal vez por el sentimiento de culpa, que sentía de verse sorprendido de aquella manera, que consideraba tan impúdica.

Felicia suplicaba, lloraba, se arrastraba por el piso abrazándose a las piernas de su padre, inútilmente trataba de aguantar el castigador y verdugo brazo de su padre.

—Déjelo, por lo mas que usted quiera, no le golpee más, mire como está sangrando, lo va a matar.

Agotado de tanto golpearlo y viendo al pobre Aniceto cómo se encontraba inerte, con respiración entrecortada, magullado, lleno de fango, y ensangrentado de pies a cabeza, tirado sobre la hierba, o quizás por la falta de resistencia de Aniceto, que hacía de aquella agresión un verdadero asesinato, o tal vez conmovido por las suplicas de su hija que vertía a raudales el llanto más amargo, que nunca antes él hubiera visto en ojo alguno, don Robustiano empujó a su hija delante de él y tomó camino rumbo a su casa.

El alboroto de la llegada a la casa había despertado a Lucrecia:

—¿Qué ha pasado?

¿Qué hacen ustedes despiertos a estas horas?

Robustiano la miró con intención de contestarle, pero no pronunció palabra alguna, se metió en la cama tal y como estaba con ropa y zapatos y al rato estaba dormido.

—Yo creo que lo ha matao mamá — dijo Felicia a la madre que la miraba asombrada.

—A quién ha matado hija, habla claro que no acabo de entender qué está pasando.

—A mí Aniceto, le ha dado golpes de todo tipo y colores, si no hacemos algo, y lo dejamos allí tirao se va a morir, yo quisiera que usted viera que manera de pegarle.

—Me lo imagino, con lo bruto que es tu padre si no lo ha matado, es un verdadero milagro, nada que las desgracias nunca vienen solas.

—No nos lamentemos más, — dijo Felicia llorando— hay que hacer algo.

—Sí, vamos a despertar a Emilio el vecino, él sabrá que hacer para ayudar al pobre hombre, y evitar que muera, porque si muere será espantoso, porque seguramente pondrán preso a tu padre y se enterará todo el mundo, a cien leguas a la redonda de tu perdida de virginidad.

—Ea, mamá, ahora no es el momento de hacer regaños y consideraciones, sepa que me entregué a Aniceto, de pura voluntad y que no me pesa, ni me pesará nunca haberlo hecho, pero... no se demore más, y vamos a avisarle a don Emilio, lo más rápido posible, por favor.

—Déjenme ese asunto a mí — dijo Emilio al escuchar con atención el relato de Lucrecia y su hija— me dices que está en la curva del arroyo, entrando por debajo del algarrobo de olor por donde pasa el camino que se encuentra junto al arroyo.

—Allí, mismo, si, toma el camino y lo encontrará bajo el flamboyán que está en él recodo – dijo Felicia toda apenada, sabiendo la manera en que encontrarían a su novio.

"Que bárbaro es este Robustiano, es una verdadera bestia" pensó Emilio al ver al joven en las condiciones en que lo había dejado su vecino y amigo.

Después con mucho trabajo logró arrastrar el cuerpo inerte de Aniceto hasta las márgenes del arroyo, para limpiar sus heridas sumergiéndolo en las aguas que corrían, bañándolo y refrescándole las heridas, para ver si recobraba el conocimiento.

Pasado un tiempo que consideró necesario para su recuperación, lo vistió y le dejó un largo rato acostado sobre la hierba, para que se secara con la brisa fresca de la madrugada y le mantuvo agua fresca sobre la frente y le dio pequeñas palmadas en el rostro para terminar de lograr que se despertara.

Aniceto abrió los ojos lentamente, y miró a Emilio sin comprender nada de lo que estaba sucediendo, y casi con un hilo de voz dijo:

—¿Qué ha sucedido?

¿Dónde está don Robustiano?

¿Qué pasó con Felicia?

Emilio con una sonrisa en los labios le respondió:

—Nada, que mi compadre Robustiano te ha dado de golpes de tal manera tan salvaje, que por poco te mata, por suerte, gracias a Dios, te dejó con vida.

Felicia y Lucrecia me avisaron, por eso estoy aquí, no te preocupes, que ahora voy a traer el carretón, y te llevo al pueblo para que te vea un médico, y te atienda esas heridas.

—No a un médico no — dijo Aniceto en un hilo de voz, — no quiero que se compliquen las cosas, por favor, lléveme para mi casa allá me las arreglaré para curarme, no se preocupe usted.

—Pero... en el estado en que te veo... —comenzó a decir Emilio, mientras lo miraba lastimeramente.

—Nada, háganme caso, por favor, debe comprender, que no me gustaría que la gente se enterara de lo que ha sucedido esta noche aquí, ya después inventaré una versión — dijo Aniceto en un susurro.

—Bien, como tú digas — respondió Emilio y mientras salía en dirección a su casa en busca de su carretón—pero no te despreocupes con las heridas, que se pueden infestar, y eso si es peligroso, además creo que tienes más de un hueso roto.

Un par de horas más tarde llegaba al pueblo con Aniceto acostado sobre las tablas de su carretón, tirado por un caballo moro azul, que Emilio dejó frente a la casa de Aniceto y se encargó de ayudarle a entrar.

—Prométame que no comentará con nadie lo que ha presenciado —dijo Aniceto ya en la puerta de la casa.

—De eso ni me tienes que hablar, —dijo Emilio, soy amigo de don Robustiano, conozco a Felicia desde que era una niñita, y sobre todo soy un hombre que he vivido muchos años, que conoce de la vida y no se anda en chismes de viejas, en eso como comprobarás soy como una tumba.

—Dígale a Felicia que no se preocupe, que estoy bien, —fue lo último que dijo Aniceto, cuando Emilio con mucho trabajo, logró dejarlo sentado en una silla de la sala de su vivienda.

A la mañana siguiente Aniceto mandó a buscar al médico, quien después de reconocerle en detalle todo el cuerpo, mirándole intrigado le preguntó:

—¿Quién te ha agredido de forma tan salvaje?

Tienes la clavícula derecha fracturada, también el brazo izquierdo y un par de costillas, además de traumas y hematomas por todas partes, producidos por los golpes, se puede decir que no ha quedado un pedazo del cuerpo donde no te golpearan, nada, que no te han matado de milagro, porque, mirándote, como te he mirado cada hematoma y fractura, todo parece que la intención realmente era esa.

Aniceto manteniéndose recostado al respaldar de su asiento que era como menos sentía el dolor y haciendo un extremo esfuerzo respondió:

—Fue un grupo de rufianes que me asaltaron, parece que con intención de robarme, pero como me defendí, fue peor, porque se ensañaron en mi de mala manera, no sé como llegue a la casa, creo que de puro milagro.

El médico poniéndose de pie, dijo:

—Yo no sé hasta cuándo se van a permitir estas andanzas, al paso que vamos, en cualquier momento habrá que encerrarse en la casa al oscurecer, y no salir de ella ni para buscar onzas de oro, dígame usted que será de mí, que a cualquier hora me avisan para ver a un enfermo, pero bueno, no debo entretenerme más, voy a la casa a buscar lo necesario para curarte y regreso.

Dos días después, cuando el sol apenas despuntaba en el horizonte, se apareció en casa de Aniceto, don Robustiano, venía acompañado de Emilio, que al enterarse de los propósitos de su vecino y amigo, y con la intención de evitar males mayores, había decidido no dejarle solo en aquella visita, tuvo que llamar la atención a su amigo por la forma violenta que tocaba la puerta.

Aniceto adolorido se levantó de la cama y con mucho esfuerzo, y lentamente se dirigió a la puerta para abrirla, quedándose pasmado al ver allí al padre de Felicia:

—Ah, don Robustiano, pase, pase usted.

—No, no vo a pasá, solo he venío a decí a uted que si no se va de ete pueblo en lo que canta un gallo, le vo a matá como a un perro, que lo he dejao vivo de la golpiza e' por puro milagro y si no lo hago ahora, e'po insitencia de acá mi amigo Emilio, que si nó.

—Como ve no estoy en condiciones ni de moverme, así que no creo que en algunas semanas pueda ni siquiera salir de la casa.

—Un mé, un mé te doy pá que desaparezca del pueblo, y no hay má que hablá. —dijo don Robustiano y viró la espalda para retirarse sin despedirse, mientras Emilio con el alma de regreso al cuerpo, le daba unas palmadas en los hombros a Aniceto y le decía:

—No te preocupes, lo conozco bien y sé que cuando recapacite, entenderá lo que sientes por su hija, lo que pasa es que es más bruto que una mula de carga, y ahora esta obstinado de mala manera.

Una semana más tarde, enterado del estado de salud en que se encontraba su amigo, avisado por este, Aniceto fue visitado por Eloy Abella, el joven que recién se había graduado de abogado, y conocedor como era, de las relaciones del vendedor ambulante con la joven gallega, y de sus encuentros furtivos a espaldas del violento padre de ella le dijo:

—Hay dos cosas importantes en este mundo que mueven, entre otras, conductas como la tuya en este caso; uno es el miedo, se dice que ninguno de los grandes inquisidores, de los que ha tenido y tiene el mundo, tiene recursos de torturas y presiones tan insoportables, como las que posee de por sí el miedo, y ningún agente de policía secreta, sabe alcanzar con igual maestría a un sospechoso, y enredarlo en su telaraña de intrigas, ni hay juez capaz de interrogar a un acusado con la misma insistencia, y tenacidad que el miedo, que es un sentimiento que no te deja, ni en la compañía, ni en la soledad, ni día ni noche a su víctima.

El otro sentimiento de suficiente fortaleza para mover una actitud así, es el amor, que ennoblece de tal manera a un ser humano en todos los sentidos de la vida, como para hacerlo perdonar de antemano cualquier agresión que provenga, o tenga relación, por ínfima que esta sea, con el ser al que ha entregado sus más puros sentimientos.

Por eso es quizás, el sentimiento que sirve de motor impulsor a las grandes y más nobles causas, que realiza un ser humano y también de toda la humanidad, en todo tiempo y lugar.

¿Cuál de ellos mueve tu irracional conducta en este caso?

Porque a mí no me vengas con el cuento de los asaltantes, me imagino que don Robustiano, el padre de tu novia te sorprendió, y tan bestia como es, te ha dado de golpes a troche y moche, hasta cansarse y dejarte en el estado deplorable en que te ha dejado.

—Por poco me mata— dijo Aniceto, como un reconocimiento a lo que le decía su amigo Abella.

Quien continuando, como si no acabara de escuchar a su amigo dijo:

—Si quieres lo encausamos, una cosa así, está penada por la ley, es un intento de asesinato, y eso se paga bien caro, si lo agarra un tribunal se va a pasar largos años en la cárcel, alguien así, con esos instintos criminales, no debe andar suelto por la calle, por lo que considero que no se debe dejar impune.

—Vamos amigo — dijo Aniceto, suspirando lleno de amor— olvídate que eres abogado, no te querrás estrenar conmigo en tu nuevo oficio, ya sabes cuánto amo a Felicia, para meterme en una acusación, nada menos que a su mismo padre, ese es esencialmente el motivo primordial que mueve mi actitud de reservarme, como sucedió en el acto mismo de la agresión, de no responder contra el agresor, por lo tanto esto debe quedar entre tú y yo, hacer algo como lo que me propones, sería como renunciar definitivamente a tenerla por esposa, que sabes muy bien es mi propósito y el deseo más ardiente de mi corazón.

Abella, lo miró a los ojos con aquella mirada inteligente que le caracterizaba, y como un resorte, se levantó de golpe de su asiento con la agilidad de un temperamento vital, activo y apasionado, dio un pequeño paseo por la habitación de piso de lozas de barro, de la vieja y pequeña vivienda, para después pararse frente al lecho donde reposaba su amigo y con voz suave y pausada preguntarle:

—¿Qué quieres que haga entonces?

—Hacer puedes hacer muchas cosas— dijo Aniceto apretándose el pecho con ambas manos, para amortiguar el dolor que le producía hablar— como puedes ver estoy prácticamente baldado, en largo rato no podré salir a buscarme el pan, tengo unos parientes, un hermano de mi madre, que vive en Ceiba Mocha, un pueblo de la vecina provincia de Matanzas, me hace falta que los localices, mándales un telegrama, ahí sobre la mesa tienes la dirección, que desde ayer la escribí para cuando llegaras, creo que no me vendrá mal pasarme una temporada con ellos, también me hace falta vender esta casa, para lo cual necesito localices un comprador.

El burro, y el negocito de venta ambulante, creo que le interesa a Reinaldo de la Paz, el mulato que vende plátanos en una tarima en el centro del pueblo, pero yo no estoy en condiciones de salir de esta cama, así que necesito que hables con él, le expliques mi intención de abandonar este pueblo, y mi disposición de venderle el negocio, para sí está de acuerdo cerrar el trato.

—Bueno, despreocúpate — dijo Abella, mientras se sentaba nuevamente en su asiento al lado del enfermo, en aquella comadrita, que le venía tan bien a su frágil figura y estatura más bien pequeña, que armonizaba con su comportamiento activo y nervioso, que lo hacía comportarse como movido por los fuertes impulsos, de un cerebro que funcionaba a velocidades superiores, a sus posibilidades físicas, a pesar de gozar de aquella recién estrenada juventud.

— Yo me ocupo de lo de ver a Reinaldo y de localizar un comprador para las pocas propiedades que tienes.

Pero... no te estarás precipitando un poco, en eso de deshacerte de tus cosas.

—No, no me estoy precipitando como dices, más bien estoy aprovechando el tiempo, y aquí influye posiblemente el miedo del que hablas, porque conociendo como conozco al padre de Felicia, sé que aquí no me será posible continuar viviendo, sin otro enfrentamiento con él, por lo menos durante una larga temporada, mucho menos, si como estoy pensando me la llevo y me caso con ella, que es lo otro en lo que quiero que me ayudes, preparar los papeles para casarme, tan pronto sea posible.

Las cosas con don Robustiano han llegado a tal punto que, o él me mata a mí, o yo lo mato a él, y como te debes imaginar es la última persona en este mundo con la cual querría tener problemas, estoy seguro que con el tiempo y distancia de por medio, él terminará por entender que su hija y yo nos queremos, y me aceptará, si no lo hiciera, ese será su problema, por mi parte estoy en toda la disposición de olvidarlo todo, y vivir tranquilo junto a la mujer que verdaderamente quiero para pasar el resto de mi vida.

Ya casados no tendrá más remedio que aceptarme, mas tarde o más temprano, porque al fin de cuentas los hijos que tenga con Felicia serán, quiéralo o no, sus nietos, pero te repito si no entiende es su problema.

Por favor, escribí una nota para que se la hagas llegar a Felicia a través de María Elena en ella le explico que abandonaré el pueblo, para ir a Ceiba Mocha a recuperarme, pero que más temprano que tarde regresaré a buscarla, para casarme con ella llevarla conmigo para toda la vida, que la amo mucho y la voy a extrañar cada minuto que pase lejos de ella.

—Bien, me encargo también de ese asunto — dijo Abella esbozando una sonrisa, e inclinándose sobre el lecho del enfermo como para ayudar a este a entenderle.

Esos fueron días difíciles para Felicia, estaba desesperada, de Aniceto, solamente conocía de las noticias que le había hecho llegar Emilio después de su primera visita, a través de su hija María Elena, que era la única amistad de su hija, que don Robustiano permitía en su casa.

De la segunda visita de Emilio a Aniceto sólo le dejó saber que se encontraba mejor de la golpeadura, sin más detalles que le ampliaran nada nuevo, sobre lo que conocía del estado de salud del novio, cosa en la cual Felicia no reparó, saber de Aniceto para ella era lo único verdaderamente importante en ese momento de su vida.

Después tuvo las nuevas traídas por Abella de la intención de Aniceto de abandonar el pueblo y casarse con ella tan pronto le fuera posible.

Para después sumirse en un silencio definitivo con relación al destino, y la situación de su amado.

Veinte días después Aniceto salía para la vecina provincia acompañado de su tío Miguel, y dejaba con Abella una nota para que la hiciera llegar a Felicia con Reinaldo, que había comprado el burro, y el negocio de venta ambulante, que ahora pasaba frecuentemente por su casa.

Unos días más tarde la joven recibió la misiva de Aniceto donde le anunciaba que se había trasladado a vivir en una provincia cercana, a un pueblo con un nombre raro, que apuntó en un papelito y guardó celosamente, para que no se perdiera, en un pequeño y viejo cofre de prendas que le dejara su abuela.

Aniceto llegó a Ceiba Mocha aún en condiciones críticas de salud, pero las atenciones de la esposa de Miguel, y de una vecina, de nombre Josefa, que desde un primer momento estableció con él una relación de amistad.

Pasado un tiempo, cuando estuvo en condiciones, comenzó a ayudar a su tío miguel, que se dedicaba a realizar trabajos de albañilería de todo tipo, así no se aburría y podía ganar algún dinero, para no gastar el que tenía destinado para emprender una nueva vida junto a Felicia.

Solamente esperaba sentirse completamente bien, para buscar a su amada; en esto estaba cuando llegó al pueblo el Tío Rafael, capitán del Barco "La Esperanza" que había atracado en el puerto procedente de Islas Canarias, qué le hizo aquella propuesta.

Don Robustiano se sintió complacido cuando supo de la partida de Aniceto. "Muerto e' perro acabó la rabia", pensó y continuó ya tranquilo en sus labores habituales de la finca, tranquilidad que no duraría por mucho tiempo, Felicia había quedado embarazada de Aniceto en aquel primer y único encuentro sexual con su amado.

En un principio trató de ocultarlo, se sentía mal del estómago según pensaba, le habían abandonado los sangrados mensuales, ya hacía dos meses, y su barriga comenzaba a aumentar, lo sentía por su ropa, que cada vez le apretaba más en la cintura, por lo que habló del asunto con su amiga María Elena y le contó lo que estaba sintiendo.

—Lo mejor que haces es hablar con Lucrecia tu madre — le aconsejó la joven vecina — ella es mayor, tiene la experiencia de toda una vida, y sabrá si estas embarazada o no, a lo mejor te lleva al médico para averiguar, en fin, habla con ella no sea que estés enferma de alguna otra cosa, y cuando vengas a ver ya sea tarde.

—Hay mi madre — dijo Lucrecia al enterarse del estado de su hija— ahora sí que tu padre nos mata, porque no va a entender eso de que andes embarazada, sabiendo, como sabe, quién es el padre de la criatura.

Dios nos coja confesadas

—Ea, — dijo Felicia, poniéndose colorada de la irritación— que él sabe bien de quién es la criatura, y que si no está aquí para responder por sus actos, es por culpa de él y no de más nadie, así que dígaselo, que creo es mejor a que se lo diga yo, o a que se entere cuando ya la barriga no crea en cinturones ni apretadera que le aguanten.

Para tranquilidad de Lucrecia y de Felicia. Don Robustiano recibió la noticia, de manera tan incoherente con su proceder de siempre que sorprendió a todos.

Esa noche al momento de acostarse Lucrecia, después de tomarse un jarro de tilo y aún así en un estado de nervios que le era prácticamente incontrolable, informó a don Robustiano de la mala nueva, el hombre escuchó con atención, y sin dar respuesta alguna se viró para el otro lado de la cama, y al rato estaba roncando.

A la mañana siguiente, cuando llegó a la casa, después de su primera jornada en las labores del campo, con intención de desayunar, y como si acabara de escuchar lo que le había dicho su Lucrecia la noche anterior, miró a su esposa directamente a los ojos, y en tono bajo dijo:

—Felicia que no econda lo que no se pue escondé, ese que viene ahí e' mi nieto, que cará, y como tá lo he de recibí.

Y... no se hable má del asunto.

No se habló más del tema, Felicia trató por todos los medios de comunicarse con Aniceto, esperó un tiempo, para ver si él se comunicaba con ella, pero nada, como si se lo hubiera tragado la tierra.

Habló con María Elena para que esta se lo dijera a su novio Abella, le preguntó a Reinaldo el vendedor ambulante, indagó en lo que le fue posible, pero nada, ni la menor señal, solamente tenía aquella nota, en la que le comunicaba que pronto vendría a buscarla para casarse y llevarla con él, buena sorpresa se llevaría cuando viera que estaba embarazada, que serían dos los que le acompañaran.

Pasaron los días, las semanas, los vientos cambiaron, el invierno dejó de hacerse sentir, nuevamente el calor y la lluvia llegaron para quedarse durante una larga temporada.

Felicia a pesar de acontecimientos sufridos recientemente y de la separación de su amado se sentía Feliz, solamente de pensar que traía en su vientre el fruto del amor que sentía por Aniceto. Su físico también había sufrido ligeras transformaciones, un brillo de satisfacción y placidez se había posado de manera permanente en sus ojos, su rostro era ahora mucho más rozagante que nunca, una ligera inflamación de los labios y la zona de las cejas, así como aquella gordura un tanto artificial de sus miembros inferiores, y el ensanchamiento de sus caderas le hacían lucir más mujer.

Una madrugada, nueve meses más tarde y bajo un torrencial aguacero llegaron los dolores de parto.

Felicia avisó a su madre, que desde hacía unos días dormía con ella en su misma cama.

—Vieja, vieja, tengo unos dolores tremendos y estoy botando un líquido pastoso que se me corre por las piernas.

—Siéntate tranquila en una butaca, que le voy a avisar a tu padre para que salga corriendo a buscar a la partera.

Lucrecia despertó a don Robustiano:

—Viejo despierta que la niña esta de parto, ya tiene dolores, mira que día se le ocurre para parir.

Don Robustiano, sin pronunciar palabra, se levantó y se vistió, salió para el patio bajo el aguacero, aparejó su bestia y salió en dirección a la casa de la partera, que vivía a un par de leguas de camino, mientras Lucrecia ponía agua a hervir y con el propósito de dar aliento a su hija, regresó para la sala donde se encontraba Felicia con las manos sobre el vientre y con rostro desfigurado por el dolor y le dijo:

—Ahora mira para mis piernas estoy botando ese líquido que, me corre por las piernas, será que tengo problemas.

La madre la miró con expresión complaciente y le respondió:

—No te preocupes, por lo del líquido, es que se te ha roto la fuente, lo que quiere decir que dentro de un ratico, estarás pariendo, vamos a ver si la partera llega a tiempo.

A las tres de la madrugada llegó al mundo un hermoso niño al que el abuelo, sin consultar con nadie, puso el nombre de Alberto en recordación de su padre, fallecido ya hacía unos años, allá en las montañas de su querida Galicia.

A partir de ese día la vida en aquella casa cambió, la presencia del niño, vino a limar asperezas, el amor que todos sentían por el muchacho los unió, y en cierto sentido, alivió las tensiones entre los seres que habitaban aquel sitio.

Robustiano tomó al muchacho desde el primer momento como al hijo varón que nunca tuvo, tal vez por la añoranza de ese hijo que siempre quiso tener, o quizás influyera en su actitud el complejo de culpas, por saber que aquel angelito llegaba a este mundo sin padre por su terquedad, y falta de comprensión de los sentimientos de aquellos jóvenes, que eran sus padres y con los cuales tan mal se había comportado.

Desde el primer momento el niño se pegó al viejo y el viejo se ocupó de él, como nunca antes había hecho con nadie, estableciéndose entre ellos una fuerte relación afectiva, y de comprensión, dedicándose el anciano a volcar en el muchacho todo su cariño, tratando de enseñar desde los primeros momentos al muchacho, todo lo que conocía en la vida y sus experiencias en las labores del campo, y la apreciación de los fenómenos naturales que acontecían a su alrededor, y las afectaciones que estas podían producir a sus cosechas o animales.

Así fue creciendo el muchacho; de su padre sólo había oído alguna que otra anécdota contada por su madre, la mayoría de las veces a mucho insistir de él que, como una actitud lógica, quería conocer explicaciones y detalles de la persona que le decían era su padre.

Siempre que esto sucedía, ella elevaba su mirada y su vista se perdía en el espacio infinito, y era como si se perdiera en los tiempos y los avasalladores recuerdos de aquellos dulces momentos vividos junto a aquel hombre, le llegaran con fuerza renovada, los que venían a ella como fluye el agua del manantial al pozo, con suavidad, delicadeza y frescura.

A su mente, invariablemente, Aniceto le llegaba cómo era en el último invierno en que lo había visto, recordaba de manera especial, como en los ojos del joven isleño, se reflejaba el amor que sentía por ella; no, no era necesario que le dijera aquellas cosas hermosas que le salían de lo más profundo de su corazón, porque eran sentimientos que le trasladaba cuando la tomaba en sus brazos, abrazándola, apretándola en la espalda con sus manos de hombre de trabajo, sintiéndolo en todo su cuerpo como si fuera una enredadera llena de flores olorosas, para hacerla sentir una mujer en toda la extensión de la palabra; cuando le hablaba, la envolvía con aquella voz lenta y calma, que lograba que su espíritu sediento de amor se desbordara, y sintiera como si se despegara del suelo, y volara como un tierno pajarito en la laxitud de aquella hermosa y tierna compañía.

Recordaba aquellos besos, que la transportaban por senderos de un deleite avasallador, porque sus besos caían sobre ella alegremente, como brazas encendidas, que lejos de quemarla apagaban su delirio, sus fuegos de pasión, y cariño; evocar sus recuerdos era para ella como encontrar la luz en medio del humo y las tinieblas de los tiempos; entonces su alma se sentía como un estanque en calma, tranquila, apacible, sosegada...

—¿Qué fue lo que pasó con mi padre que me abandonó?

Preguntó Albertico cuando apenas tenía diez años.

¿Por qué nos dejó?

¿Por qué nunca lo he visto?

¿Por qué es para mí como un fantasma del que me hablas, pero al que nunca he visto?

Felicia, con la vista perdida en los recuerdos le respondió:

—Él no nos abandonó, lo obligaron a hacerlo, si no, aún viviría aquí con nosotros, sería entonces tu padre, en toda la extensión de la palabra, porque estoy segura que te querría tanto como te quiero yo, porque eres el fruto de un gran cariño y amor.

Mientras decía esto Felicia pensaba, con cierta mezcla de tristeza y agrado, en aquella temporada, en aquel día memorable, alegre y feliz, en que él la había tomado como suya definitivamente, depositándole en su vientre el fruto de un profundo amor.

Ella nunca se había arrepentido, ni por un instante de aquel acto, porque era lo único que le había quedado de luz en sus recuerdos, después de haberse sumido en las tinieblas de la más profunda tristeza, en que se había desarrollado el resto de su vida.

Ahora volaba ante ella toda su vida hecha cenizas, y que ante la evocación de los recuerdos, sentía de nuevo de la manera más renovada, en la tempestad de sus sentidos, la carne de su carne, en el más ardiente de los actos realizados jamás en su vida, y del cual era fruto aquel mozo que ahora reclamaba explicaciones, inútiles por el momento, ya tendría tiempo de hablarle y contarle cuando él estuviera en condiciones de entender, y comprender, en toda su magnitud lo sucedido.

—No me vas a contar— había insistido el niño.

—Esa es una larga historia que algún día te contaré —dijo Felicia, poniendo un beso en la mejilla del niño.

Como podría ahora, explicarle a su hijo que el causante de tanta soledad, era aquel viejo que era su abuelo, y a quien tanto amaba y a quien tenía tanto que agradecer, porque desde su nacimiento mismo lo había asumido, a pesar de su manera tosca de querer, con el mayor amor del mundo, como si volcara en el muchacho, toda la culpa que en él se concentraba, de aquella orfandad involuntaria, porque el viejo Robustiano sabía perfectamente que Aniceto no conocía de la existencia de aquel hijo, ni lo sabría nunca posiblemente, y que el único responsable era él, por bruto, terco y caprichoso.

Alberto comenzó a asistir a la escuela, diariamente pasaba por la calle frente al bufete donde laboraba Eloy Abella, quien en múltiples ocasiones desde el portalón de sus oficinas observaba al niño, que cada día se parecía más a su padre, preguntándose para sus adentros, dónde se habría metido su amigo, del cual nunca más había recibido ni una línea para informarle de su paradero, cosa que le resultaba en extremo extraña, porque además de las relaciones de hermandad que los unían, conocía de sus propósitos de regresar a casarse con Felicia en un par de meses, y ya habían pasado años, sin que no sólo hubiera aparecido físicamente, si no que no llegaba de él ni la más mínima información: alguien que se lo hubiera tropezado por casualidad, una carta, una noticia de esas que llegan de trasmano, de que le hubiera sucedido desgracia alguna, nada, ni la más ínfima noticia de él.

Alberto concluyó sus estudios primarios, aprendió los recursos elementales del saber y se incorporó definitivamente a las labores de la finca junto a su abuelo materno.

Don Robustiano estaba viejo y achacoso y necesitaba de ayuda para mantener aquella finca, en la que se había gastado trabajando de sol a sol durante decenas de años, y que era el único patrimonio que dejaría al joven rapaz, por lo que consideraba imprescindible que aquel dominara todos los secretos sobre la tierra, y sus cultivos, que traía consigo y que en cierta medida le habían trasladado a él sus ancestros, allá en la madre patria, y enriquecidos por su experiencia personal en aquellas tierras, y aquel clima tropical, que nada tenían que ver con aquello que había visto, y experimentado en el lugar de su nacimiento.

Pasaron algunos años, ya Alberto era un hombre, que continuaba unido a su abuelo en las duras labores diarias, y disfrutando de la compañía del aquel viejo gallego, que era como su padre, con el cual se bañaba en el río cada atardecer, mientras refrescaban a las bestias de trabajo, cosa que hacían desde que él se acordara, porque el viejo no gustaba de bañarse encerrado entre cuatro paredes, sino al aire libre, en las aguas limpias, que corrían por el cercano arroyo, o por la que caía del cielo a veces a raudales.

Con él conversaba, sobre los caprichos de la naturaleza, el comportamiento de las siembras, la enfermedad de un animal o la abundancia de la pesca, o la caza, vicios que el viejo trajera de la madre patria, y que nunca había abandonado, en estas que había asumido como suyas, y que trasladara al joven que las tomaba como propias, por herencia, por costumbre, por el ejemplo que le daba aquel querido anciano, que le dedicaba todo lo que conocía, de su tiempo y experiencia.

Cuando Robustiano no entendía algo de lo que hacía el muchacho no era necesario que hablara, era suficiente que fuera observado por el joven, para que de inmediato rectificara su error, o manera de proceder, se entendían sin hablar, nunca antes con nadie el viejo había establecido una relación tan cordial y efectiva, como aquella que disfrutaba con su querido nieto, quien de alguna manera también había influido de forma palpable en el carácter del viejo, que se había suavizado como por encanto, llegando el caso de que el muchacho hasta le gastaba bromas, y lo regañaba como a un igual, por lo que también en el anciano se notaba una manera nueva de proceder, más tolerante, más comprensiva de ver las cosas que sucedían a su alrededor.

—Verdad que ese niño te ha cortado la tripa del ombligo, hace contigo lo que le viene en ganas y tu como si nada — le dijo un día Emilio, en tono de chanza a su amigo y vecino.

—Lo que ha pasao e'que me entiende como no te pué imaginá — había respondido don Robustiano con una sonrisa de satisfacción en los labios y los ojos empequeñecidos por el regocijo interior que sentía por escuchar aquellas halagadoras frases de su amigo.

Fue una tarde de esas en que el bochorno de un feroz verano, los obligaba a refrescar en las aguas tranquilas que pasaban muy próximas a la finca, venían a caballo, regresaban del río, donde habían tomado baño junto a las bestias que cabalgaban, cuando sucedió una tremenda desgracia que cambiaría definitivamente la vida de la familia, y sobre todo la del joven Alberto que tan apegado fue siempre a su abuelo.

—Anda, ve alante, recoge lo animales, que to' parece que va a llové como el día del diluvio univesá, yo vo a ve si hay algún animá desperdigao y depué voy pa' llá, pa la casa.

El cielo se había encapotado de pronto, y amenazaba con un torrencial aguacero, de esos que abundan en la primavera. Llegando el joven a las cercanías de la casa comenzó a llover, dejándole el tiempo mínimo necesario para recoger los animales, quitar la montura al caballo, guardarlo en la caballeriza y poderse guarecer él mismo en el portal de la casa, donde Felicia le alcanzó una toalla para que se secara antes de entrar en la vivienda, donde al rato le sirvió una taza de café acabado de hacer para que se calentara.

La lluvia venía acompañada de una fuerte tormenta eléctrica, truenos, rayos, y centellas, se dejaban ver y oír sin que por ello nadie se impresionara, acostumbrados como estaban a estos estados de tiempo, que en temporadas podían sucederse durante varios días, sobre todo en los atardeceres.

Un rayo de aquellos se quedaría para siempre en la memoria del joven Alberto, algo tenía de especial, tronó quizás como ningún otro, dejando en el joven un zumbido que le impresionó de tal manera, que le produjo de inmediato un sentimiento de temor desconocido hasta ese momento, que le hizo decidir sin dudarlo un instante, a salir al campo, buscar al viejo, donde quiera que estuviera.

—Pero... ¿Tú vas a salir con este tiempo tan malo? — le había gritado Lucrecia, su abuela, unos segundos después de que se desprendiera a todo correr a campo traviesa.

—Voy a buscar al viejo. — Se había dejado sentir desde lo lejos en la voz de Alberto.

Al llegar a menos de cien metros de lo que antes fuera un grande y frondoso árbol, para donde había visto refugiarse a su abuelo, Alberto quedó paralizado, estaba abierto, partido en dos y desperdigado en su entorno, como si hubiera sido trillado con múltiples golpes, asestados por un inmenso machete, portado por una poderosa mano.

El lugar aún humeaba de la candela surgida tras la gran descarga eléctrica producida sólo unos minutos antes.

Un aliento de esperanza llegó hasta el joven cuando no divisó al viejo por todos los alrededores, "quizás se había cambiado de lugar con intención de acercarse a la casa, a lo mejor ya está allá, esperando por mí", —pensó. — pero al acercarse un poco más, pudo observar restos de la montura y algunos aparejos, así como del animal sobre el cual venía montado su abuelo, que había sido virtualmente pulverizado por la descarga.

Alberto, por unos instantes se quedó paralizado, localizó con su vista cada partícula de las que le anunciaban la desgracia que acababa de suceder, casi en su presencia, comprendió entonces la magnitud del accidente y se tiró al suelo, primero de rodillas, después a la larga de todo su cuerpo, y como un niño lloró desconsoladamente, sintió una soledad infinita, su corazón parecía no resistir la muerte de su anciano abuelo, de aquella manera tan brusca, absurda y espantosa.

Rápidamente, al escuchar al joven, se personaron en el lugar Lucrecia, Felicia y varios de los vecinos de los contornos, que escucharon el penoso lamento del joven, pero no había nada que hacer, que no fuera consolar al joven en su profunda pena, y avisar a las autoridades del pueblo para que se personaran en el lugar y esclareciera oficialmente el accidente y se levantara el acta de defunción

—Todo parece indicar que recibió directamente sobre sí todo el potencial de una descarga de miles de voltios, — había dicho la autoridad que se personó en el lugar horas más tarde, — es una cosa extraña e inusual, pero como se puede observar, totalmente posible.

En esta zona, cada año mueren entre tres y cinco personas atrapadas por descargas eléctricas, muchas veces las personas son alcanzadas por estas descargas, y sin mucha explicación desde el punto de vista científico, quedan con vida, otras mueren unos días más tarde, pero hasta ahora nunca de una manera tan violenta, que tengamos conocimiento, jamás antes habíamos visto cosa igual.

A partir del momento en que dieron sepultura al viejo don Robustiano, Alberto ya no tuvo sosiego en aquel sitio, donde si bien era cierto que había nacido, y se había criado, también lo era que siempre la había pasado acompañado de aquel viejo terco como una mula, pero bueno y cariñoso y comprensivo con él como nadie.

Su ánimo decayó completamente, el lugar se llenó de tristeza para él, cada palmo de tierra, cada animal, cada árbol, cualquier aspecto del clima, o del estado de las cosechas, le recordaban a su abuelo, lo que influyó de manera importante en su estado de ánimos, llegó un momento en que le importaba un comino la siembra, la atención cultural a las plantaciones, o la alimentación y el estado general de los animales.

Se percató entonces, que todo el amor que sentía por aquel pedazo de tierra, estaba íntima y estrechamente ligado, a su anciano abuelo, comprendió que de continuar con esa actitud ante sus responsabilidades, se iría a pique el esfuerzo y el trabajo de años, de alguien como su abuelo, lo pensó detenidamente y decidió vender la finca y alejarse de aquel lugar, que tantos buenos recuerdos traían a su mente y que ahora, de pronto, no le interesaba en absoluto.

Habló del tema con Emilio, quien después de escuchar atentamente al joven, se rascó la cabeza por debajo del sombrero de guano que traía puesto, miró al joven, como lo hubiera hecho a un hijo propio y le dijo:

—Te recomiendo que lo pienses bien, porque el arraigo a la tierra en que se nació, es más fuerte de lo que te puedes imaginar, pero si al final de tu valoración, llegas a la conclusión que quieres realmente vender tu tierra, te aconsejo que veas a un buen abogado, porque un especialista en materia de justicia siempre tiene más elementos que tú, y te podrá aconsejar y orientar, sobre lo que tendrás que hacer para tramitar la herencia, cosa que imprescindiblemente tienes que hacer, y además aconsejarte en cuanto a precio y condiciones para la venta.

No sé si conoces a alguien, si no es así, te recomiendo que hables con el doctor Abella, es un hombre conocedor tanto de las leyes, como de las características de la zona, además de ser un hombre horado y que por razones de relaciones con tu familia, y la mía, pues como sabes es el esposo de mi hija María Elena, sería incapaz de hacerte ninguna trastada, cosa que por estos tiempos es algo usual entre la gente que se mueve en el mundo de la venta, la compra y las tramitaciones legales de terrenos y propiedades.

Alberto asintió con la cabeza sin pronunciar palabra alguna y esa noche le preguntó a su madre si conocía al tal Abella

Felicia le miró detenidamente y le respondió:

—Es alguien de extrema confianza, pues además de ser el esposo de María Elena fue un gran amigo de tu padre.

Unos días más tarde Alberto se dirigió al pueblo para ver al doctor Abella.

—Vengo a verlo para que me ayude a vender la finca. — le dijo al doctor Abella, ya sentado frente al buró ocupado por este — sé que antes es necesario hacer las gestiones para la herencia, y seguramente correr varios trámites, pero me lo han recomendado como un profesional conocedor de su oficio además y lo más importante gente honrada y cumplidora de sus compromisos.

Abella lo miró sorprendido por el tremendo parecido que tenía el muchacho con su padre, no había duda alguna, de que aquel joven era hijo de su antiguo amigo de clases en la escuela primaria, y parte de la secundaria, la presencia del joven estremeció los recuerdos del abogado, recordándole sus tiempos mozos cuando junto al padre de este muchacho, que ahora venía a solicitar su ayuda, andaba de correrías y hacían juntos planes para el mañana, compartiendo sueños para el futuro y añoranzas de la tierra que los había visto nacer.

Si se imaginara tan solamente por un momento los lazos de amistad que lo hermanaban a su padre, no tendría duda alguna de todo lo que estaba dispuesto a hacer por él.

Pensó también en Aniceto que había desaparecido hacía ya tantos años, como tragado por la tierra.

¿Habría muerto de la paliza que le propinara el abuelo de aquel joven que tenía ahora delante de él?

¿Se habría arrepentido de continuar las relaciones con Felicia? ¿Habría encontrado otra mujer?

Esas interrogantes y otras muchas, llevaba años haciéndoselas y sabía que para ellas no había respuestas, porque el único capaz de darlas, había desaparecido de aquellos contornos como por arte de magia.

—Me ha dicho mi madre que usted es amigo de mi padre — continuó Alberto, mirando detenidamente al abogado para ver la impresión que causaban en él aquellas palabras.

—Más que mi amigo fue siempre para mí como un hermano — le respondió Abella— llegamos a este país el mismo día, en la misma embarcación, somos de las Islas Canarias los dos, de Tenerife, donde correteaba yo, mientras él nacía, porque soy unos años mayor que tú padre.

—Y...Qué me puede decir de él— preguntó Alberto complacido de conocer finalmente a alguien que le podría hablar de su padre, aunque fuera de tiempos pasados.

Abella miró al joven mientras sacaba de un estuche un habano y lo tanteaba con los dedos antes de encenderlo, para después de forma suave decirle:

—Era o es, porque al igual que tu madre, no he sabido de él en años, tu imagen y semejanza, desde el punto de vista físico, te veo y me parece que le estoy viendo a él cuando tenía tu edad y solíamos, como estamos haciendo ahora nosotros, conversar sobre variados temas, porque era un gran conversador además que siempre teníamos tela por donde cortar, pues nos conocíamos desde niños, era un hombre muy valiente, emprendedor, inteligente, simpático y dicharachero, cosa esta última que tomó de las costumbres de esta tierra, pero creo que el rasgo que lo distinguía era su perseverancia, cuando se proponía algo no paraba de luchar hasta que no lo conseguía, quizás por esa característica es que hablo de él en pasado, porque me cuesta trabajo pensar que vive, sin que haya hecho un esfuerzo por encontrarse con tu madre, a quien me consta quiso con locura y soñaba con hacerla su esposa.

Abella hizo una pausa y pensó:

"¿Conocería el joven de la historia de las relaciones amorosas de Felicia con su amigo Aniceto?

¿Tendría elementos de lo ocurrido entre su padre y su abuelo?

¿Sabría él, por qué había partido una madrugada de aquel pueblo, para evitar un nuevo encuentro con el padre de Felicia?

Por un problema de ética y de la más elemental discreción no podía abordar el tema, por lo que, mientras encendía su habano y volviendo a la realidad miró al joven de manera cariñosa y continuó:

—Eso es en general lo que le puedo decir de mi amigo y coterráneo Aniceto Hernández, su padre, por lo demás despreocúpese, que haré todos los trámites necesarios para la legalización de los documentos a nombre suyo, y buscarle un buen comprador para su terreno, lo primero que haré será contratar los servicios de un agrimensor, para que mida su propiedad y defina correctamente los límites, y que en cierta medida nos dé una idea de cuánto puede valer su sitio en los precios actuales.

Solamente tiene que entregarme la documentación que posee y mantenerse en contacto conmigo.

Alberto con cierto agradecimiento reflejado en el rostro, se rascó la cabeza en un gesto que había visto infinidad de veces hacer a su abuelo, y dijo:

—Para mí su amigo, mi padre, se ha convertido en una leyenda, desde pequeño me hablan de él, y le debo confesar que aunque no quiera lo he esperado junto a mi madre todos estos años, no sé si es algo instintivo, o sembrado por ella de tanto hablarme, pero si debo decirle que en muchas ocasiones me ha hecho mucha falta.

Ahora por ejemplo, esta decisión de vender la finca, dejarlo todo atrás, y trasladarme a la capital, es algo que me gustaría consultar con alguien tan cercano como un padre, puede que la determinación sea un acierto, pero también puede constituir un grave y rotundo error, que seguramente pagaré bien caro.

—Te voy a decir una cosa como si fueras mi hijo — respondió Abella, después de soltar una amplia bocanada de humo — desde pequeño aprendí un refrán o dicho, que me enseño mi padre y que el tuyo empleaba con bastante frecuencia, y es que "errar es de humanos" y no creas que lo empleo solamente porque lo escuché y me gustó, en el transcurso de mi vida, que ya comienza a ser larga, he comprobado que errar es una forma de acción, y demuestra invariablemente un paso en el mundo de la iniciativa, es un producto neto del movimiento constante al que estamos sometidos todos en el universo, todo se mueve, todo cambia, todo se transforma, por lo tanto no decidir es mantenerse estático y de cierta manera perecer.

No buscar nuevos horizontes, no moverse con los tiempos y las oportunidades que se presentan en la vida, no hay dudas que evita errores, pero al mismo tiempo te puede sumir en el profundo y terrible vacío del circulo vicioso de dar vueltas sobre un mismo lugar, y tiempo, lo cual es antinatural, por todo eso, no decidir, no cambiar, es posible el peor de los errores que puede cometer un ser humano.

Con esto te digo que si consideras bueno para ti y los tuyos la venta del terreno, y lanzarte a buscar nuevas posibilidades, nuevos horizontes, nuevas oportunidades en la capital, no lo dudes y hazlo, que como dice el dicho quien no se arriesga no cruza la mar.

Si te equivocas, bien, ya tendrás oportunidad de rectificar, que cómo dice otro refrán es cosa de sabios.

—Gracias, muchas gracias, por su consejo — dijo Alberto mirando con admiración al viejo abogado.

Después de ajustar detalles y el precio que cobraría Abella por su gestión, Alberto regresó a la finca y solicitó a su madre y abuela que lo acompañaran a sentarse en el portal, pues tenía asuntos importantes que tratar con ellas:

—Llevo días valorando la posibilidad de vender la finca — les dijo— de hecho he visitado al doctor Abella, quien por cierto me ha causado una magnífica impresión, para que haga los trámites de herencia y nos busque un buen comprador, pero lógicamente esta no puede ser una decisión sólo mía, ustedes en fin de cuentas, son más propietarias de la finca que yo, así que quiero oír sus opiniones al respecto.

—Por mi parte no hay inconveniente alguno — dijo Lucrecia, mirando fijamente a su nieto, mientras se limpiaba las manos en el delantal que tenía puesto, más por ser un gesto que le era característico, que por necesidad — ya estoy vieja y cansada de vivir, así que si consideras que es lo mejor para ti, ni lo pienses más y vende la finca cuando quieras, después de todo ha sido tu trabajo, y el del difunto, lo que han hecho posible que este pedazo de tierra sea lo que es hoy día, además esta finca tiene millones de años, hijo, y tendrá millones más después que nosotros dejemos de existir, sin que sufra por nosotros, o por los que antes la habitaron, o los que mañana o más tarde aún la habitarán.

—Para mí será hasta bueno — dijo Felicia, suspirando profundamente, como si pensara en el pasado vivido en aquel pedazo de tierra — un cambio de aire me vendrá bien, no te voy a decir que no extrañaré este lugar que está tan lleno de recuerdos para mí, pero un nuevo lugar traerá, sobre todo para ti nuevos horizontes y posibilidades de mejorar, aquí seguramente tendrás un futuro como el de tu abuelo, que dejó la vida en su lucha por establecerse y mantener lo logrado, lo cual tu sabes mejor que yo, es muy duro, porque es comenzar cada año jugando con los inconvenientes de un clima tan difícil y agresivo, que lo mismo produce inundaciones, que sequías, que tormentas, que ataques de las más variada plagas, para al final tener que comenzar de nuevo y así año tras año, sin que tus hijos puedan tener una adecuada educación, ni disfrutar de tantos adelantos que surgen cada día en el mundo, hasta consumirte como un cabo de vela, en los sueños y esperanzas de un mañana mejor.

Un mes más tarde Alberto vendía la finquita, localizaba una casa y se trasladaba con su madre y abuela para un barrio periférico de la capital, comenzando allí una nueva vida.

—Estoy Aprendiendo a manejar— le dijo una tarde a Felicia cuando regresaba de la calle.

—Hay mijo, tú ten mucho cuidao con esos artefactos, para mí no es lo mismo que un carretón, andan a unas velocidades por esas calles, que parecen una verdadera salación.

Alberto la miró sonriente y en tono cariñoso le respondió:

—Vieja, el futuro es de los automóviles y de la velocidad, el mundo prospera, avanza con esos progresos, cómo vamos a prosperar nosotros en la capital, si no nos adaptamos a los adelantos, desgraciadamente tenía que morir mi abuelo para que comprendiera que aquí hay muchas más posibilidades de vida que allá en el terruño donde nací y me he pasado todo el tiempo vivido hasta el momento.

Debo decirle que también he matriculado con una maestra particular para que me imparta clases de aritmética y español, ella dice que me trasmitirá otras materias por el mismo precio.

—Y para que quieres aprender a manejar — preguntó la madre, movida por la curiosidad y la inquietud.

Alberto le puso el brazo por encima de los hombros, la besó y le respondió:

—Ah, ya verá usted que camioneta me voy a comprar, ya le tengo echado el ojo, ojalá que no la vendan antes de que sepa conducirla, con ella, y el dinero que tenemos de la venta de la finca, tengo pensado montar un negocio, que estoy seguro nos dará para ganar nuestro pan.

En él combinaré la experiencia que tengo de tantos años de labor en el campo y la facilidad de vivir aquí en la capital.

Ya verá como salimos adelante

En unas semanas aprendió a manejar, se compró la camioneta que tanto deseaba, y trasladándose en ella, comenzó a comprar productos de la agricultura en la zona donde había nacido, para distribuirla entre pequeños comerciantes de la ciudad.

A golpe de mucho trabajo e ingenio, el negocio comenzó a prosperar y las condiciones de vida de Alberto y su familia a consolidarse en la capital.

Dos años más tarde en un recorrido que hacía por la antigua zona, donde vivió toda su vida, en busca de productos del agro, se encontró por un camino con Reinaldo de la Paz.

—Como anda mi viejo—le dijo a modo de saludo mientras parqueaba la camioneta a orillas del camino, una vez al lado del mulato continuó:

¿Cómo te va con tu venta?

—Si supieras que acabo de vender el negocio—respondió Reinaldo— hoy es mi último recorrido, ya la semana anterior me la pasé con el nuevo dueño enseñándole la zona.

—Y... ahora a que te vas a dedicar, porque aún tienes fortaleza para trabajar, a tus cincuenta se te ve bien.

—Algo haré, sentado en la casa no me voy a quedar.

Alberto, le puso su brazo por encima de los hombros, al viejo vendedor y lentamente le anunció:

—Te puedo hacer una propuesta, que pienso te puede convenir lograr eso de no quedarte con los brazos cruzados.

—Pues venga esa propuesta—respondió Reinaldo, con una franca sonrisa.

Bueno, como sabes hace tiempo me dedico a la compra por estos lugares de productos del campo, que con posterioridad los vendo en la capital, el negocio ha crecido, y hace tiempo ando buscando alguien de la zona, conocedor de los campesinos de por aquí, que sepa de productos del agro, y que además sepa manejar y ahora al encontrarme contigo se me acaba de ocurrir que esa persona que busco bien puedes ser tú.

¿Qué te parece?

Reinaldo se acomodó el sombrero que llevaba puesto, lo miró directamente a los ojos y le respondió:

—La idea me gusta, para que te voy a decir otra cosa.

¿Cuánto ganaría a la semana?

—¿Cuánto ganas tú en el negocio actual? —le preguntó Alberto.

—Unos cuarenta pesos.—dijo Reinaldo.

—Pues te daré ochenta y además una comisión de las ganancias que obtenga semanal.

—¿Qué te parece?

—/Qué me va a parecer?, magnifico.

¿Cuándo empezamos?

—Ya, el domingo te traigo la camioneta que usaras y el Lunes te recojo en tu casa, para comenzar a visitar a los campesinos para que sepan para quién trabajas y acordar con ellos, que fijaras los precios por quintal de producto y semanalmente yo vengo y les pago.

Por poco se me olvida, debes buscar alguien que te ayude, el salario para esa persona, que como te imaginaras, debe ser de tu entera confianza, es de veinte pesos a la semana.

—Lo tengo, —dijo Reinaldo— y es tan de mi confianza, que se trata de mi hijo Reinaldito, que como sabes es ya un hombre, así lo encamino en los conocimientos que tengo sobre estimados y acopio de productos, cosa que al final es un oficio que pocos dominan.

Ahora, con un par de hombres, que como empleados le contrataban los productos que compraba en la zona campo, se dedicó a colocar un grupo de establecimientos propios en distintos puntos de la capital, en los cuales vendía directamente los productos que compraba a bajos precios en el campo.

Comenzando de esta forma una nueva etapa en su prospero negocio.

—Milagro que no te metes en el negocio de la venta de carne — le dijo Mauro, un comerciante de los que le tenía rentado uno de sus pequeños puestos de venta.

— ¿Tú, crees que eso pueda reportar buenos dividendos? — preguntó Alberto realmente interesado.

—Ese es mi giro, y te aseguro que puede ser una gran cosa, prueba y no te arrepentirás — le respondió Mauro, al que todos nombraban desde pequeño con en sobre nombre de Macho.

—Voy a pensar en ese asunto, — dijo Alberto, mientras contaba un dinero que le acababa de entregar su empleado — si me decido te veo para que trabajes conmigo en la idea, no te preocupes, que te pagaré bien.

—Yo sé que contigo no hay problemas, que eres un hombre de ley, de los que ya no abundan — respondió Macho con una sonrisa de agradecimiento, desde que le conociera había laborado con él en la venta de productos del campo, debía pagarle una pequeña renta por el local, y los utensilios como pesas, neveras y tarimas, además de comprarle sus productos de manera preferencial y a cambio recibía a consignación productos con precios que le dejaban entre el 15 y el 20 % de las ventas, su vida había mejorado mucho desde que se estaba dedicando a este negocio, pero lo suyo era el ganado, la carne, tanto de res, como de puerco, si pudiera tener un negocio parecido pero con carne, entonces sería completamente feliz, porque consideraba aquel negocio mucho más limpio y lucrativo que este que tenía ahora.

—Vamos a hacer una cosa — dijo Alberto— habla con tu mujer para que te cuide el negocio, hoy es lunes, digamos que el miércoles, que será dentro de dos días, para esa fecha te vengo a buscar, para hacer una incursión por el campo para ver precios de animales, y después sacar cuentas, ya sabes cómo son estas cosas, hay que buscar clientes, encontrar un lugar donde matar los animales, tener por lo menos un camión preparado para el transporte de carne fresca, en fin organizarlo todo para no fallar.

No conozco mucho de reses y animales para sacrificar, como tú me dices que ese es tu giro, me podrás ayudar en conocer cuánto puedo pagar por un animal en pié, para que de resultados cuando se sacrifique, y se venda al detalle en un comercio.

De ese recorrido con Macho por la zona donde había vivido, resultaron los primeros contactos para la compra de animales, comenzando a ofertar este producto en plazas y carnicerías, comprobando en pocos meses, que Macho tenía razón con respecto a las conveniencias de este nuevo negocio.

Tres años más tarde ya disponía de cinco camiones que se dedicaban a localizar y comprar productos de la agricultura, todos dirigidos por Reinaldo, con el cual estableció un local donde se laboraba en estos fines y distribuirlos en la red que había establecido al efecto y por otro lado el negocio de la carne había adquirido también dimensiones insospechadas y muy por encima de lo calculado por él y Macho al comenzar esta actividad.

Hacía viajes a zonas ganaderas, en las que compraba partidas de reses y puercos, que los propietarios le ponían en un matadero de la capital donde eran sacrificados, y distribuidos por un par de camiones de su propiedad, bien preparados y con las condiciones sanitarias para tales efectos.

En una visita a la casa de Macho para hacer coordinaciones relacionados con los negocios que mantenían de conjunto, fue que conoció a Hortensia, una hermana de este, de la cual ni había escuchado hablar; algo en ella le cautivó desde el primer instante, quizás su aspecto rozagante, su blancura de piel y en general su porte que le hacían llamar por todos con el apelativo de **la gallega**, por considerar su apariencia como la de una española, oriunda de las tierras de Galicia.

La timidez que produjo en Alberto la presencia de aquella joven y hermosa mujer, no le permitió otra cosa más que mirarla con aquella ternura que de alguna forma calaron también en los sentimientos de la joven, que no escatimó esfuerzos en trasladar con su forma de mirarle, que también se había interesado por él.

—Parece que impresionaste a mi amigo, puso una cara cuando te vio, que nunca le había visto con anterioridad— le dijo Macho a su hermana esa tarde cuando regresó a la casa.

—Tú crees que un hombre así, bien parecido, negociante, seguramente con dinero, se va a interesar en alguien como yo, que soy una pobretona ignorante, — respondió Hortensia con cierta timidez.

—De esas cosas no hay nada escrito, ya sabes que el amor surge cuando menos te los esperas — dijo Macho sonriente— lo que sí te puedo decir es que con un hombre así, puedes formar una familia con la seguridad de que no vas a fallar, porque te puedo garantizar que trabajador, leal y honrado, es a carta cabal.

Dos o tres visitas más, y ya Alberto, despojado un poco de la primera impresión, entabló conversación con la muchacha, cautivándose aún más con ella, pues era la dulzura personificada en sus expresiones, tono de voz, y manera de conducirse.

—Es usted mayor, o menor, que Macho — preguntó Alberto, en un momento en que la muchacha le miraba.

—Él es el mayor de nosotros, que como debe saber somos nueve hermanos, siete hembras y dos varones— respondió la joven mostrando sus blancos y parejos dientes, en la mejor de sus sonrisas.

Pronto la atracción se convirtió en noviazgo, ese día en que Alberto pedía la autorización para visitar a Hortensia en calidad de novio, Macho organizó una comida, para celebrar el acontecimiento, mataron un puerco y lo cocinaron al pincho en el patio, y en un momento en que se encontró solo con su hermana le dijo:

—Ya ves como son las cosas de la vida, resulta que desde ahora eres novia de mi jefe y amigo Alberto, el mismo que dudabas que se fijaría en ti, y te debo decir que por el entusiasmo que le veo, creo, yo que le conozco más de lo que te puedes imaginar, que pronto tendremos boda.

Seis meses después tal y como había anunciado Macho y con el beneplácito de todos, se celebraba la boda entre Alberto y Hortensia.

El día antes de la boda, cuando Alberto regresó de sus trajines en la preparación del acontecimiento, Felicia que se encontraba sentada en un sillón en el portal le dijo:

—Te estaba esperando, siéntate que quiero hablar contigo, creo que ningún momento es más propicio que este, en que comenzarás una vida independiente, para contarte una parte de tu vida que desconoces y por la cual durante años te has interesado, sin que te diera nunca una explicación convincente a tus inquietudes.

Fue entonces que Felicia contó a su hijo en detalles todo lo acaecido antes de su nacimiento y los verdaderos motivos que provocaron que antes y al momento de nacer él, su padre no se encontrara a su lado, también que su padre nunca supo de su existencia.

En un momento de la explicación Alberto vio una vez más aquella expresión, tan conocida por él en el rostro de su madre cuando, con la vista perdida en el espacio, como si recorriera los tiempos transcurridos le decía:

—Aunque tampoco me puedo explicar su extraña desaparición posterior, estas son las santas horas que no he recibido noticia alguna de su paradero, ni de su vida, se puede decir que me he pasado toda la existencia esperando para saber si tu padre vive, o forma parte del reino de los muertos, es algo verdaderamente espantoso esta desesperante incertidumbre y espera.

Debes estar seguro de algo, si está vivo nunca ha conocido de que tiene un hijo, en este caso tú.

La madre de Alberto caminó hasta el viejo armario y de una gaveta sacó el viejo y gastado cofre que guardaba el papelito con el nombre del pueblo, en el cual, supuestamente vivió su padre por lo menos en una época, tomó con dedos temblorosos el gastado documento, y caminó junto a su hijo para entregárselo mientras le decía:

—Ahí tienes el nombre del pueblo donde supuestamente vive o vivió tu padre, si algún día lo puedes localizar te será muy fácil reconocerlo porque eres su vivo retrato cuando él tenía tu edad, por mucho que lo haya deteriorado el tiempo transcurrido, te darás cuenta de inmediato que es él, por el parecido tan grande, que tiene contigo.

Alberto pasándole tiernamente el brazo por la espalda a su madre y acariciándole el pelo suavemente le dijo:

—Bueno, vieja, ya no se machaque más la existencia con el fantasma de mi padre, estoy seguro, por lo que me ha contado el doctor Abella y ahora usted, que algo muy grande debe haberle sucedido, para que no diera señales de vida durante tantos años.

Alberto entró al interior de la casa con intención de descansar un rato, sin darle demasiada importancia a lo contado por su madre de su padre, de quien, seguiría pensando como alguien formado en su mente desde los primeros tiempos de su infancia, como lo había acabado de nombrar, un fantasma, un fantasma cariñoso y agradable que quizás algún día aparecería, cosa que no sucedió en treinta años transcurridos de su vida, por lo tanto, alguien que no existió.

Ahora lo único que le quedaba bien claro era que su padre nunca supo de su existencia, razón por la que todos estos años de espera, se tornaban vanos y sin sentido.

La euforia del acontecimiento matrimonial en unas horas, sacaron de la mente de Alberto, las reflexiones de lo conversado con su madre, y de sus valoraciones posteriores sobre la triste historia de la frustrada relación amorosa de sus padres, y la penosa participación de su abuelo.

Un año más tarde Hortensia daba luz al primer hijo de Alberto: Lázaro, al que pondrían este nombre, producto de una promesa efectuada por la madre al santo del mismo nombre, por encontrarse su padre envuelto en una intriga, que había provocado que lo pusieran preso por unos meses en una de las prisiones de la capital, alguien en extremo poderoso y que empezaba a temer por el desarrollo del joven en los negocios, lo había denunciado de trasladar y sacrificar un lote de animales enfermos y de haber sobornado al veterinario del matadero para que se hiciera el de la vista gorda.

Fueron tiempos difíciles para la recién constituida pareja, ella en estado de gestación iba a ver a su esposo cada día de visita, teniendo que subir las empinadas escaleras de aquella prisión ubicada en una de las antiguas fortificaciones de la época colonial, él con la amargura de sentirse alejado de su mujer en condiciones tan especiales, y preocupado de que su internamiento se prolongaba mucho más que lo esperado, sufría y se desesperaba, por conocer en qué terminaría tan delicado asunto.

En una de las visitas efectuadas por Hortensia, Alberto, realmente preocupado por el curso que tomaban los acontecimientos y consciente de que no había cometido los delitos de los que se le acusaban, pero que alguna mano tenebrosa y poderosa se encontraba detrás de la penosa situación en que se encontraba, le dijo:

—Ve a ver al doctor Abella, busca entre los papeles que tengo guardado en la gaveta del escaparate, allí hay una tarjeta con la dirección y el teléfono del bufete donde trabaja, aquí en la capital, dile a Macho tu hermano que te acompañe, estoy seguro que viejo abogado será capaz de desenmarañar esta madeja que han tejido en torno a mí.

Unos días más tarde Abella se personaba en la prisión, se entrevistaba con el detenido, y después de escuchar atentamente la explicación de Alberto, se reclinó en su asiento, y mirándole a los ojos le dijo:

—Nada, que los muy cabrones te quieren joder, seguramente ha corrido la plata entre la policía, y sabe dios en que otros niveles, para lograr enredarte de la manera que lo han hecho.

Tal vez se trate sólo de asustarte, para que abandones el negocio al que te dedicas, es algo que podemos valorar más tarde cuando ya te encuentres en la calle.

De momento, presentaré un recurso de hábeas corpus, para que te dejen en libertad, ya que es violatorio de las leyes este enclaustramiento prolongado al que estas sometido, sin causa plenamente justificada.

—Después de que se resuelva este enredo, tendré que contratar sus servicios de forma permanente — dijo Alberto— parece que no es posible mantener un negocio con determinada importancia, sin contar con una asesoría legal permanente, además por el curso que toman las cosas el negocio al que me dedico va a prosperar, cada vez adquiriendo niveles superiores, en todos los órdenes, por lo que una asesoría jurídica me será indispensable.

—No te lo había querido decir para no te fueras a creer que me estaba buscando un contrato, pero es exactamente como dices, un negocio de la envergadura que va tomando el tuyo, tiene imprescindiblemente que protegerse desde el punto de vista jurídico, por situaciones, como ésta en que te encuentras y otras muchas, algunas de las cuales se pueden evitar con contratos, convenios y otros muchos mecanismos legales, que existen al respecto y que son previsores de situaciones que pueden ser engorrosas y bien difíciles, para alguien que no domine las leyes y sus engranajes.

Dos días después Alberto quedaba en libertad provisional y esa misma tarde después de emplear el tiempo mínimo necesario para saludar a su mujer, bañarse y vestirse adecuadamente, se dirigió directamente a ver la persona que por sus características era la única que podía haber procedido de una manera tan malvada, sucia y engañosa.

Estacionó su auto frente a la casa del personaje y subió lentamente los tres o cuatro escalones que lo separaban de la puerta de la casa, donde después de tocar un par de veces, le abrió la puerta criada, pidiéndole de favor que esperara, que le avisaría al señor.

Unos minutos más tarde se presentaba Evelio Ortega, que se puso pálido tan solo de verle, pero restableciéndose de inmediato de la sorpresa dijo:

—Ah, Alberto, cuanto me alegro de verte en la calle, pero pasa hombre, no te quedes ahí parado, quieres tomar algo, un refresco, una cerveza, quizás algo más fuerte.

—No, no voy a entrar —dijo Alberto, conteniendo la indignación, — solamente he venido a advertirte, que si no deshaces toda la maraña que me preparaste no te voy a dejar un hueso sano, y entonces iré a prisión contento de tener una causa justa para estar detrás de las rejas.

Evelio fue a dar explicaciones, pero como hacía antaño su abuelo, Alberto ya había virado en redondo dándole la espalda a su enemigo.

Gracias a esta actuación y a gestiones de Abella, felizmente todo quedó aclarado, y Alberto tuvo la posibilidad de estar presente, el día del nacimiento de su primogénito.

Un año más tarde nacía Mireya, la segunda hija de aquel matrimonio, por lo que Alberto se sumió en la lucha por sacar adelante a sus hijos, dejando aparentemente a un lado la historia contada por su madre el día de su matrimonio.

Felicia, que era ya una mujer, que se encontraba en los cincuenta años, alguna que otra vez le preguntó si había indagado algo de su padre, pero él invariablemente le respondía que aún no.

La casi anciana mujer pensaba, que no le gustaría morir sin tener aunque fuera un signo de vida de aquel que fue un día el amor de su vida, y que aún, en el herrumbre de sus recuerdos gastados por el tiempo, le llegaba a su viejo corazón como algo sublime y hermoso.

También le gustaría mucho que su hijo finalmente conociera a su padre, o por lo menos supiera cuál había sido su destino, por lo que un día de domingo que este la visitaba, como era su costumbre los fines de semana, en la suavidad de la brisa de una tarde tranquila, mientras se encontraban solos, sentados en el portal de la casa conversando tranquilamente, Felicia le abordó el tema, con la urgencia de quien presiente su muerte y no quiere dejar cosas importantes pendientes.

—Sabes hijo, no me gustaría morir sin saber por lo menos que sucedió con tu padre, sé que tienes mucho trabajo y preocupaciones, pero ya hace bastante tiempo que te hablé de hacer indagaciones sobre el paradero de tu padre, y hasta ahora cada vez que te pregunto me respondes que no te has podido ocupar del asunto.

Sé muy bien que para ti quizás no es tan importante, pero piensa que yo me he pasado la vida entera en la intriga de lo que pudo haber sucedido, y que ahora en el final de la vida me es muy importante conocer, o por lo menos hacer el intento por saber, que fue lo que sucedió con Aniceto tu padre.

Yo quisiera agradecerte que por lo menos fueras por ese pueblo, con el que me he pasado la vida soñando y por lo menos intentaras averiguar allí con personas del lugar, por lo que pudo suceder a tu padre.

No se preocupe vieja, que este mismo mes me ocuparé de pasar por ese pueblo, y le garantizo que le traeré toda le información que humanamente me sea posible, para que usted este tranquila definitivamente con relación a lo que pudo suceder con mi padre.

Pero no se me ponga nostálgica, ni piense que se va a morir, porque por su aspecto que tiene y la salud que tiene, se ve que hay Felicia para rato.

—No sabes cuánto te lo voy a agradecer— dijo Felicia y después se levantó de su asiento y besó a su hijo en la mejilla, con lágrimas en los ojos.

Los negocios de Alberto habían continuado prosperando, por lo que se veía envuelto en grandes empresas, que lo obligaban a viajar por parte del territorio nacional, eso le facilitó, que ese mes, en uno de esos viajes, cuando pasó por aquel pueblo, y al ver su nombre anunciando que se estaba arribando a él, se acordó del compromiso contraído con su madre, la que tantas veces le había dicho que allí era donde se decía que alguna vez vivió su padre, y al llegar a la callejuela que daba acceso al pueblo, le dijo a Macho, que era quien iba manejando:

—Entra en el pueblo.

Macho que no esperaba una cosa como aquella le preguntó:

— ¿Tienes alguna urgencia, o es pura curiosidad, esta de entrar a un pueblo, que por lo que se puede observar no tiene nada de particular?

Macho tenía razón, era un pueblo muy pequeño, se nombraba Ceiba Mocha y habitarían en él a lo sumo mil o dos mil personas, por lo que no le sería difícil averiguar de una vez, qué pudo suceder con aquel hombre nombrado Aniceto, que era su padre.

—Es una vieja historia— respondió Alberto— y sobre todo, un antiguo compromiso que tengo con mi madre, que hoy voy a cumplir

Llegando hasta el parque ubicado frente a la iglesia, lo cual constituía en mismo centro del pueblo, Macho disminuyó la velocidad, miró a Alberto y le preguntó:

—Y... ¿Ahora qué hago?

—Aquel muro alto que se ve allá al final de la calle parece el cementerio, ¿Vamos hasta allí?

Ya en la puerta del cementerio y quizás respondiendo a un oscuro presentimiento, Alberto comenzó sus averiguaciones en el pequeño pueblo, para lo cual acordó con Macho partir cada uno desde un punto distinto del área ocupada por el cementerio, y fueron leyendo sepultura por sepultura, los epitafios, buscando el nombre que le había dado su medre.

Después de revisar poco más de una centena de tumbas, que era la totalidad de las existentes en aquel apartado, modesto y viejo, campo santo, se encontraron en la puerta.

Yo no encontré ninguna tumba con ese nombre — dijo Macho, sin entender aún, de que se trataba aquella búsqueda.

—Tampoco yo, — dijo Alberto— claro existe la posibilidad de que la persona que responde a ese nombre haya muerto hace ya muchos años y que sus restos, por lo tanto, hayan sido exhumados, vamos a hacer otras averiguaciones en el pueblo, si no encontramos algún otro indicio, regresamos, para visitar la sacristía comprobar el nombre, con el registro de defunciones que siempre existe en estos lugares.

Salieron del cementerio, se montaron en el auto, en esta ocasión conducido por Alberto, y salieron nuevamente en dirección al centro del pueblo.

No habían caminado cien metros cuando Macho le hizo señas para que se detuviera a un hombre que se transportaba en un viejo carretón tirado por un viejo caballo alazán.

—Vamos a preguntarle a este hombre, — dijo mirando a Alberto— seguramente aquí se conoce todo el mundo, y diciendo esto, se bajó del auto, haciendo Alberto lo propio, para ir a pararse junto a su amigo mientras este preguntaba al hombre del carretón:

—Me hace el favor, estamos buscando a un hombre nombrado Aniceto Hernández.

¿Me podrá informar como encontrarlo?

—Y... ¿Qué dirección le dieron? – preguntó el del carretón.

Alberto le miró con una expresión en la cara como pidiéndole disculpas y respondió:

—Ese es el problema, que no tenemos dirección, pensé que por tratarse de un pueblo pequeño me sería fácil encontrarlo sin ella creímos en la posibilidad de que todos se puedan conocer, sino de trato por lo menos de nombre.

—Bueno, difícil no es, — le respondió el hombre del carretón, rascándose la cabeza por debajo del sombrero en tono de preocupación— se debe imaginar que aquí se conoce a casi todo el mundo.

Mire usted, le diré, que con ese nombre y ese apellido, en el pueblo hay dos, Aniceto el gordo, que se dedica a la cría de gallos finos de pelea y Aniceto el flaco, que es vendedor ambulante.

—Debe ser el vendedor el que yo estoy buscando — dijo Alberto aún sin creer que realmente pudiera ser su padre.

—Bueno... — dijo el del carretón, poniéndose el sombrero que se había quitado en señal de cortesía.

¿Ve usted aquella mata grande que sombrea la calle?, pues un poco más allá se encontrará un camino que tendrá unas diez o doce varas, al final de ese camino vive Aniceto.

—Muchas gracias — dijo Alberto y se dirigió hasta el automóvil donde ya le esperaba Macho sentado al timón esperando por él, y salieron en dirección a lugar que le habían señalado.

Al llegar a la única casa, que se encontraba en el camino que se apartaba de la calle, les salió a la puerta una señorea de avanzada edad, posiblemente de más de ochenta años, la que por su forma de conducirse se notaba que andaba mal de la visión o quizás que no veía absolutamente nada.

—Dígame que desea — dijo la anciana con rostro sonriente y mirando a la distancia, como si la vista se le perdiera en el infinito luminoso que se encontraba detrás de Alberto, quien en tono suave le respondió:

—Quería saber si el señor Aniceto Hernández vive aquí.

—Aquí mismo— respondió la anciana, — pero pasen y siéntense, que le voy a avisar a mi hija que es su esposa, porque él no se encuentra.

Unos minutos más tarde se presentaba a la sala una señora de unos cincuenta años, de aspecto bonachón, sobre lo gruesa, que con ademanes lentos, y voz pausada, mientras se secaba las manos con el delantal, dijo:

—Aniceto está para la calle, pero cerca, fue a comprar algunas cosas necesarias para el almuerzo, tiene usted suerte, porque siempre sale más temprano, para los recorridos que hace como vendedor ambulante.

El asunto que usted quiere tratar con él...

¿Está relacionado con las ventas que él realiza, o se trata de alguna otra cuestión?

—Me sería muy difícil decirle qué es lo que quiero con él — dijo Alberto pensativo— porque sabe, yo no lo conozco, hace muchos años que debí buscarlo para un asunto de orden familiar, pero lo he ido dejando para después y ya ve.

Y... ¿Usted lleva muchos años casada con él?

—Bueno, desde la segunda vez que él vino para este pueblo — respondió la dulce señora.

Alberto, mientras esperaba, paseó su vista por la salita donde estaban sentados, todo era de una humildad y una pobreza tremenda, se veía que la situación económica allí no era nada buena, que la vida de las personas se desarrollaba con el mínimo necesario para subsistir.

Observó las lámparas de queroseno ubicadas en cada habitación, y comprendió que aún no tenían luz eléctrica, el piso, muy limpio y cuidado, era de tierra apisonada, las paredes eran de madera rústica, confeccionadas con tablas de palma, pintadas con cal, y se sentía en todo el recinto un agradable olor a carbón vegetal encendido, que lo hizo comprender que era este el combustible que utilizaban en aquella casa para cocinar.

Josefa, que así se llamaba la señora, llamó a su hermano, un hombre de poco más de cincuenta años, de constitución fuerte de cara redonda y rosada, que hacían en su conjunto de él una personalidad que destilaba vitalidad por todo su cuerpo, quien después de saludar a Macho y Alberto, y presentarse como Urbano Pérez, les dijo:

—Espérense un momento que les voy a buscar a Aniceto
— y salió para la calle, golpeando el pavimento con sus
duras botas y arrastrando por el suelo, las espuelas que
llevaba puestas.

Un instante más tarde, Josefa les sirvió un poco de
aromático café, y dirigiéndose a Alberto, dijo:

—Así que según me dice, hace años que debió localizar
a Aniceto.

Y... ¿Se puede saber cuál es ese asunto de orden familiar
al que se refiere?

—Bueno... verá usted — comenzó a decir Alberto,
cuando se asomó a la puerta Urbano, acompañado de un
señor que transitaba por la primera mitad de la década de
los cincuenta, quien impresionó a Alberto de manera muy
especial, porque su presencia la sintió como un golpe de
su sangre, reconociendo instintivamente a un ser allegado,
o como una predisposición psíquica, que le decía que se
encontraba ante alguien conocido de antemano, o quizás
se trataba de un sentimiento de esos misteriosos, que el
hombre muchas veces no es capaz de explicarse a sí mismo,
pero el golpe de vista fue ya de por sí suficiente para que,
sin oír siquiera hablar a aquel hombre, supiera que se trataba
de su padre.

En ese momento se percató, que no estaba realmente
preparado para un encuentro de esta índole; su madre se
había pasado la vida hablando de aquel fantasma que ahora
se le presentaba en carne y hueso, estaba allí, si estiraba la
mano, como lo hacía en ese momento para saludarlo, lo
tocaría.

—Mucho gusto, soy Aniceto Hernández — dijo el
hombre mirándolo fijamente, como tratando de reconocerlo,
mientras le presentaba aquella mano derecha rígida y con

cierta paralización, con algunos de los dedos doblados hacía la palma de la mano.

—Urbano me ha dicho que me busca usted.

—Efectivamente — respondió Alberto, — lo busco a usted, yo soy hijo de Felicia la hija de Robustiano,

¿No le dice nada ese nombre?

El viejo Aniceto sintió un temblequeo en las piernas, temblor que le subía por el espinazo, que le obligó a sentarse, se puso pálido y mientras miraba a Alberto, le dijo a su esposa:

—Tráeme un poco de café a mí también, que creo que me hace mucha falta.

La mente del viejo voló en la distancia a velocidades que sólo son posibles por la mente humana, el nombre de Felicia, pronunciado de aquella manera, por aquel joven que decía ser su hijo, le sacudió el polvo de las nostalgias en su entumecido recuerdo, haciéndolo caminar de nuevo por las huellas azules de los momentos vividos junto a aquella formidable mujer, que el destino en un acto de extrema crueldad, había sacado definitivamente de su vida.

Llegaron a sus oídos aquellas palabras locas, palabras que fueron exclusivas, que salieron de sus labios como bellas aves, para anidarse en los dulces y tiernos oídos de aquella fabulosa mujer, y que eran inspirados por su corazón en un latir fuera de paso, ante aquella presencia, que endulzaba sus ojos con sus ojos, que alegraba su existencia sólo con existir, alguien que sintió suya como nadie antes, ni después, y a la única mujer a la que realmente él se había entregado y amado para siempre.

La recordaba ahora, en la belleza y lozanía de su juventud, en su bondad sin límites; como si los recuerdos se materializaran, sintió en sus brazos su tierno cuerpo mojado por el rocío de la noche, cuando se encontraban en las cercanías del arroyuelo; a su oído el recuerdo le trajo el sonido de los grillos, como música acompañante de aquellas fiestas de amor, cuando miraban juntos las estrellas y hacían planes, cosas sencillas, nada fuera de lo corriente: amarse, multiplicarse, caminar por los senderos de la vida tomados de la mano, haciendo camino, andando hasta llegar al final de sus días.

Lo sacó del embeleso la voz de Josefa que, con taza en mano, le anunciaba el café que había pedido.

—Toma, viejo, el café que me pediste.

Ya con la taza de café en la mano y recuperado del impacto, Aniceto dijo:

—Ese nombre, me dice muchas más cosas de lo que usted se puede imaginar, es el nombre de alguien muy especial en mi vida, alguien que amé mucho, se pudiera decir que con locura, y usted perdone que le hable así de la progenitora de sus días, pero si le digo otra cosa, no le podría trasladar en toda su magnitud lo que representó Felicia para mí.

Pero dígame ¿Cuál es el motivo de su visita?

Alberto, mirando sonriente y comprobando para sus adentros que realmente aquel hombre, como decía su madre, se le parecía, dijo:

—Bueno, si el nombre de mi madre es para usted tan importante, entonces el motivo de mi visita es decirle que usted es mi padre.

La que se sentó ahora, callada, temblorosa y pálida, fue Josefa, ya pensaba que aquel muchacho tenía demasiado parecido con el viejo, en su juventud; ella estaba al tanto de la historia; en su primera estancia en aquel pueblo, Aniceto había trabado amistad con ella y no hablaba de otra cosa que no fuera la de ir a buscar a su prometida Felicia, después pasó lo que pasó, y cuando años después regresó, pensó que sería demasiado tarde para realizar sus planes y se quedó definitivamente.

Ella que siempre había sentido por él un amor profundo, había decidido unirse a Aniceto para toda la vida, conociendo de antemano, que tendría que vivir a su lado acompañándolo en sus tristezas y melancolías, por aquel amor que había perdido, por ironías del destino.

El viejo se levantó, caminó hasta ponerse delante de Alberto, lo miró directamente a los ojos, escudriñándolo, como tratando de reconocerlo y dijo:

—Pero, ¿Cómo es eso posible?

—Según me ha contado, aquella única ocasión en que ustedes tuvieron relaciones íntimas, mi madre quedó en estado de gestación, cosa que por inexperiencia no supo hasta pasado algún tiempo, cuando recibió aquel recado suyo de que iría a recogerla se dispuso a esperarlo con la noticia, pero usted no apareció nunca más, ni se supo nada absolutamente de su paradero, ni de su vida, a tal punto que hoy, donde primero traté de localizarlo fue entre los muertos del cementerio, pensando lo peor.

—Y... ¿Cómo reaccionó don Robustiano? — preguntó Aniceto con expresión preocupada.

—Según yo sé, bien — respondió Alberto — después de haber escuchado la historia de ustedes y conociendo como conocí a mi abuelo, he pensado que desde aquel entonces, vivió arrepentido de los errores cometidos con ustedes, nunca lo reconoció, ni mucho menos dio disculpas a mi madre, usted sabe lo cerrado que era él, pero su actitud hacia mí y mi madre, fueron más elocuentes que cualquier palabra, por lo que no tengo dudas que si usted hubiera aparecido, todo se hubiera aclarado y seguramente él, lo hubiera recibido con agrado.

Esas cosas que le digo, lógicamente son conjeturas, pero, estoy casi seguro de eso, porque no creo que nadie en este mundo conoció tan bien como yo, a mi difunto abuelo.

Lo que no entendí, ni entiendo aún, ni ha entendido nunca ella es por qué, si usted estaba tan enamorado de mi madre, no se presentó, o mandó alguna noticia sobre su paradero, no comprendimos, ni entiendo yo aún, es la actitud asumida por usted, y el porqué de su desaparición definitiva de nuestras vidas de esa forma tan drástica.

Es muy penoso, pero debo decirle, que mi madre se ha pasado la vida entera esperando, por aunque fuera un sólo indicio, que le permitiera comprender que había sucedido con usted.

—Esa es una larga historia, que si tienes tiempo te puedo contar, de la manera más breve que me sea posible ——dijo Aniceto mirando directamente a los ojos de su hijo.

Es algo de lo que no me gusta hablar, Urbano que es el hermano de Josefa y que ha vivido en esta casa junto a mí durante decenas de años, no conoce absolutamente nada, de lo que te voy a contar.

Urbano al oír esto, se levantó con la intención de retirarse, pero Aniceto le aguantó por un brazo, y le dijo:

—Espérate Urbano, no te retires, el hecho de que no te lo haya contado antes, no quiere decir que sea algo que tu no puedas saber, no es un problema contigo, ni con nadie en particular, es un problema conmigo mismo, no te puedes imaginar cuán espantoso, fue todo el proceso que voy a contar, desde cualquier punto de vista.

Las cosas se presentaron dé tal manera que cambiaron definitivamente el rumbo de mi existencia.

—Yo dispongo del tiempo necesario — dijo Alberto, mirándolo con cierto cariño y expectación, reflejado en la expresión de su rostro — al encontrarlo a usted, hoy he cambiado todos mis planes, así que cuando quiera comience, que ardo en deseos por conocer qué fue lo que sucedió.

Macho que se encontraba aún de pie, se acomodó en una vieja butaca de madera con respaldar de rejillas, con la intención también de conocer todo lo acaecido con aquel anciano, que de pronto se enteraba que era padre de su amigo.

—Como debes saber, salí para este pueblo con la intensión de recuperarme de los golpes que me fueron propinados por tu abuelo, y posteriormente regresar para buscar a Felicia, y casarme con ella, cosa que le hice saber a ella mediante una nota que le envié.

Aquí, el tío Miguel me recibió con los brazos abiertos, era el hermano mayor de mi madre, y me atendió y ayudó, desde el primer momento, yo lo ayudaba al principio en los gastos de la casa, que era lo único que podía hacer.

Su esposa, también oriunda de Islas Canarias y él, me tomaron como al hijo que no tuvieron, por lo que nunca tuve de que quejarme absolutamente de nada, mientras viví con ellos.

Ella de nombre Asunción de las Mercedes fue en aquellos tiempos, de una ayuda inapreciable, porque estaba prácticamente imposibilitado de moverme, fue también enfermera eficiente que curaba de mis golpes, me traía al médico para que revisara la marcha de mi recuperación.

Josefa que era vecina, vino un día de visita, nos presentaron y a partir de ahí comenzó a venir todos los días, y también me ayudaba a sobrellevar mi estado de invalidez provisional, que me tenía hecho una inutilidad, pasábamos horas hablando o jugando a las cartas y otros juegos que mi estado de salud me permitieran, con el fin de hacer más llevadera la situación en que me encontraba.

Cuando llevaba por acá poco más de un mes, y ya mis heridas y fracturas habían sanado, sino completamente, sí lo suficiente como para poderme valer, comencé a ayudar al tío, en lo que me era posible, en su labor como albañil, ya sabes, una reparación por aquí, otra por allá, pensaba que en un mes más, estaría en condiciones de ir en busca de Felicia, cuando se apareció por aquí un hermano de mi madre; Rafael, que era capitán de un barco, "Esperanza" que se encontraba anclado en el puerto de la capital, y había aprovechado para visitar a su hermano Miguel, que desde su llegada a estas tierras se había establecido en este pueblo, que era donde yo vivía.

—Mira como ha crecido el rapaz —dijo Rafael al verme y conocer que era el hijo de su hermana Mercedes —no sabes cuánto me alegro de verte, me enteré de lo de la muerte de tus padres, y siempre me quedé con la preocupación de cómo te las estabas arreglando para vivir solo, y en un país extraño y tan lejos de la mayoría de tu familia.

—Bueno... le debo confesar que ni he pensado en eso, porque en la práctica ya soy más de aquí, que de otro lado —le contesté —recuerde usted, que salí de canarias siendo muy pequeño por loe como debe imaginar no me siento en un país extraño, todo lo contrario, aquí me siento en casa.

—Vaya que si me acuerdo —dijo el tío Rafael con su brazo derecho doblado frente a sí y tocándose con la izquierda, desde el ángulo recto hasta la palma de la mano —si te ponía la cabeza en mi mano, y el resto del cuerpo te daban a lo sumo para cubrirme el antebrazo.

Si que eras pequeñín.

En lo otro que dices tienes toda la razón; a veces pierdo la noción el tiempo, es verdad que en la práctica eres como si hubieras nacido en estas tierras y aquella como dicen por acá es la mare patria.

Recuerdo que vivíamos en la misma casa, que era la de mis padres, tus abuelos, desde que naciste me pasaba horas contigo cargado; nada, que me caías simpático, como no te puedes imaginar, porque eras el primero de los sobrinos, el primer continuador de los Hernández.

Tus padres acababan de casarse, y ya tenían planes de venir a América, eran tiempos duros allá en Canarias, tu padre que se dedicaba a la cría de cochinillas, para la fabricación de colorantes se quedó sin trabajo, cuando se empezó a fabricar carmín con colorantes químicos, y la demanda de cochinillas casi desapareció, a partir de esa época, la emigración canaria hacía Latinoamérica se incrementó, la gente salía por montones, para estas tierras en busca de futuro.

Siempre pensé que se había apresurado, en convencer a mi hermana y abandonar su tierra, pero ya sabes cómo son esas cosas, estaban entusiasmados y no había quien fuera capaz quitarles la idea.

Después las cosas mejoraron mucho por allá, se expandieron los cultivos de plátano y tomate, se crearon los puertos francos, que dieron nueva vida al territorio, aunque te debo decir, que en las pocas veces que lo visité aquí en América, nunca le oí lamentarse de haber venido, ni nada de hablar sobre un regreso, parece que le cogió el gusto a estas tierras y se sentían bien, como acabas de decir se sentían en casa.

Pero... bueno, hablando de cosas prácticas, concretas y actuales.

¿A qué te dedicas?

Porque de algo haz de vivir, ¿no?

—En estos momentos estoy sin empleo— le dije, sonriéndole — vivo de mis ahorros y de la ayuda que me ha brindado el tío Miguel, al que le agradeceré eternamente sus atenciones.

He comenzado a ayudarle en su labor de albañil, pero no hago casi nada, porque estoy convaleciente de una golpeadura que me dieron.

El tío Rafael me miró con picardía y dijo:

—Cosas de mujeres seguramente, ¡eh!

Porque con esa cara y ese porte que tienes, las debes tener... así como quien dice de a montones ¿no?

—En cierta medida, fue por un asunto de mujeres como usted dice — le respondí, posiblemente poniéndome serio— aunque no porque fueran muchas, sino una sola, pero que tiene por padre, a un gallego, que se gasta un genio, de esos, que para que le cuento.

El tío me miró un rato con detenida atención, como si estuviera meditando las palabras más adecuadas, o tal vez valorando en toda su magnitud, la propuesta que me haría, y dijo:

—Y si estas en esa situación, porque no te embullas y haces un viaje conmigo a Canarias, saliendo de aquí, voy para allá, y en cosa de unos seis meses a lo sumo, estoy de regreso por estas tierras a las que vengo frecuentemente.

Todo será bueno para ti, te puedes ganar lo tuyo, enrolándote como marino de cubierta, visitas allá a la familia, tíos y primos por parte de madre y padre, que se alegrarán mucho de verte, y a lo mejor hasta te entusiasmas con aquello y decides quedarte. Si pruebas la comida de Canarias te vas a quedar encantado, porque es tan variada que no te la puedas imaginar; algunos de sus platos de los que comemos allá, sólo es posible hacerlos en Canarias, ya que los ingredientes son totalmente de allí, y no de otro lado, bueno te debes imaginar, que un pueblo que gusta de comer y tiene millones de años de existencia, debe haber inventado sus buenos platos.

¿No crees?

Están los mojos verdes de cilantro y picón, los más habituales, que constituyen el acompañamiento preferido a pescados de gran textura y sabor, como bogas, samas, salemas, chernes, y la famosa "vieja" son cosas de chupetearse los dedos y ni que decirte de las "papas arrugás", así le decimos, pero son patatas cocinadas con agua de mar y degustadas sin mondar; de entre todas las variedades, para mí, y para muchos que conozco, la "negra" es la considerada como mejor y si hablamos de repostería, que te puedo decir: el bienmesabe, el arroz a la miel, los piononos, la leche asada y las trufas son algunos de los postres dulces, que te pueden hacer cualquier comida, como si estuvieras en la mismísima gloria.

Pero si al fin de cuentas decidieras regresar, si fuera así, en ese plazo podrás reunir tu dinerito, para mejorar un poco tus condiciones económicas cuando estés de vuelta, y eso te ayudará en la vida que quieras emprender acá en América, con tu nueva esposa.

—Tendría que pensarlo —le dije preocupado por los meses que estaría sin poder comunicarme con Felicia.

—Bueno... — respondió el tío, mirándome fijamente a los ojos y con rostro como apremiándome en mi respuesta — para eso de pensarlo, si que no vas a tener mucho tiempo, porque parto en tres días, tiempo por demás que tendríamos que utilizar para arreglar los papeles necesarios para tu embarque como marino de a bordo, sin eso no será posible que embarques de manera legal, como debe ser.

Bueno... lo que te quiero decir, es que pensarlo lo que se llama pensarlo, mucho no podrás, pero lo que te queda de esta tarde, sí que lo puedes meditar y me dices.

Valora que eres joven, tienes toda la vida por delante, y por lo que he sabido de ti, me parece que mal no te vendrá el viajecito después de todo lo que te ha pasado.

—Desgraciadamente esa tarde misma, sin pensarlo demasiado, dije que sí, debo confesar que la aventura de un viaje por los mares del mundo, y la visita a la tierra que me vio nacer, y allá ver a gente que no conocía y que eran familiares, algunos muy cercanos, me entusiasmaron, además pensé que sería bueno dar un poco de tiempo a Robustiano para que se apaciguara y de paso ganarme unos pesos, que no me vendrían mal, como decía el tío, para la nueva vida que me proponía emprender.

Tres días más tarde, mi tío me despertaba a las dos de la madrugada, para partir rumbo al puerto de la capital, donde se encontraba atracado el barco.

El trayecto por carretera lo hicimos casi sin pronunciar palabras, la madrugada era oscura y fría, yo iba sumido en mis pensamientos, como hacía cuando salía con mi burro por los caminos para vender mis productos, iba alegre por la novedad del viaje, y al mismo tiempo triste, porque hacía casi dos meses que no veía a Felicia, y estaría por lo menos seis o siete más, sin disfrutar de su presencia, de haber podido, me hubiera gustado despedirme de ella, compartir mis planes y preocupaciones, pero eran cosas imposibles en aquel momento. El tío, tan buen conversador como era, no abrió la boca en todo el trayecto, ni para decir esta boca es mía, quizás iba calculando su trayecto hasta las tierras que se proponía recorrer, que comprendían varias paradas en puertos suramericanos para tomar y dejar carga, y después emprender rumbo por los mares del Pacífico hasta llegar al Asia, para de ahí ir directamente a Islas Canarias.

Esa mañana, aún en la oscuridad de la madrugada, emprendimos viaje.

Por una de las escotillas del barco, que me quedaba en el puesto de trabajo que ocupaba ese día, pude observar con cierta nostalgia como se alejaban las costas de esta tierra amada; aquí se quedaban amigos, sueños y esperanzas, pero sobre todo se quedaba la mujer amada, que a esas alturas no podría imaginar siquiera donde me encontraba y lo lejos que estaría durante un largo tiempo.

Quizás por lo joven que era, pronto me acostumbré a la dura vida marina, mucho trabajo, mucha intemperie, mucha disciplina y rigor, mucha melancolía, pero también, debo decirlo, muchos sueños, muchas esperanzas, muchos planes para cuando regresara con el dinero que ahorrara, y me uniera definitivamente a Felicia, y el futuro que me esperaba junto a ella en la nueva vida que emprenderíamos.

Casi siempre en la noche visitaba al tío en su camarote, y conversábamos abordando temas variados, sobre todo de la familia y de la niñez de mis padres, aunque a veces, quizás con la intención de prepararme, o entusiasmarme para el arribo a las Islas Canarias, me hablaba de ellas con verdadera pasión sobre todo de su geografía, estaba orgulloso de haber nacido en aquel archipiélago, que según decía está formado en su totalidad por acumulaciones volcánicas, y que las islas Canarias, tienen una antigüedad de 40 millones de años, y fueron generadas en tres periodos de erupciones volcánicas.

De la isla de Tenerife, me dijo con verdadero orgullo, una noche, que nos encontrábamos recostados a una de las barandas de estribor;

—Tenerife, el lugar donde nací, y nacieron tus padres, es el lugar más hermoso que he conocido, y te debes imaginar que he caminado lo mío, bueno ya tendrás oportunidad de verlo con tus propios ojos, es la más extensa de las islas canarias, y en ella se encuentra el pico del Teide, que tiene casi cuatro mil metros, bueno para ser exacto 3,718 metros, y es el más alto del territorio español.

El Teide está ubicado en el interior de una gran caldera volcánica, las Cañadas, que está cerrada en su flanco meridional por una cordillera dorsal.

Al norte del Teide, en pronunciada pendiente, se encuentra el valle de La Orotava, hermoso, sí señor, hermoso.

Completan los accidentes montañosos de la isla dos cordilleras: la del Teno, al Oeste, y la de Anaga, al Norte.

Así pasábamos la mayoría de las noches, alguna que otra ocasión tomamos vino de su bodega personal, entones se transformaba, y dejaba de ser el duro capitán, para convertirse en el afable familiar, que había conocido allá en la casa del tío Miguel días atrás.

—Aquí soy toda la autoridad, en toda la extensión de la palabra— me dijo una noche, con un aire fresco batiéndonos el rostro, era una de esas veces que le acompañaba en el puesto de mando— cuando te digo en toda la extensión, quizás me quede corto, porque al zarpar me convierto en la única autoridad sobre la "Esperanza", aquí soy juez, sacerdote, policía, representante legal y diplomático de mi país, además de la responsabilidad por el trabajo, los hombres que llevo a bordo, las cargas, los embarques y desembarques.

No te puedes imaginar, cuánto pesa sobre uno una responsabilidad así, tanto la embarcación como cada hombre, en determinado, o en todo momento, depende casi absolutamente de mí, una decisión incorrecta de mi parte, y se va todo a la mismísima mierda.

Días más tarde comenzaron las llegadas a distintos puertos de América, después del primero en que la entrada a puerto, el atraque y el contacto con la población, fue algo verdaderamente novedoso, aquello para mí, como lo era ya para los demás tripulantes se convirtió en algo rutinario, aunque me llamó mucho la atención, el parecido tan grande que tienen en su manera de comportarse los pueblos americanos que visité, tiene cada uno sus dejos, y formas de hablar, pero se pudiera decir, sin mucho temor a equivocarse, que sus pensamientos esenciales, sus intereses, su forma de ver y abordar los problemas cotidianos, y la vida en general son idénticos, cosa que pudiera estar explicada en sus raíces, en esa mezcla de razas, compuesta indistintamente por europeos con indios y africanos o asiáticos, quizás también por problemas históricos, la lucha enfrentada en las colonias por la independencia, los desmanes de los gobernantes de turno, ya en la época Republicana, quizás los problemas climáticos también influyan, sobre todo en esa manera desenvuelta extrovertida, alegre y comunicativa que caracteriza a la mayoría de los pueblos de esta parte del mundo, por lo menos de los que tuve oportunidad de visitar.

Según avanzaban los días, mi entusiasmo crecía y las nostalgias disminuían en la misma proporción, conocer nuevas gentes, ver cómo se vive en otras tierras, aprender mirando, o escuchando, de forma directa y palpable, la geografía, la historia, el desarrollo y las costumbres, de los conglomerados de seres humanos en distintos puntos de globo terráqueo, es una experiencia interesante, instructiva, e inolvidable, que aprecié en toda su magnitud en aquellos primeros días de navegación como marino.

Todo iba a pedir de boca hasta aquella madrugada, de la cual nunca he podido recordar el día, porque en el abandono de la navegación, había perdido la noción del tiempo; para mí en aquella travesía, había llegado un momento en que me era lo mismo jueves que domingo, marzo que abril, sólo el compás de la rutina marcaba mi existencia, los horarios de levantarse y acostarse, el comienzo y fin del trabajo de cada día, el momento de cada comida, de aseo, de recreo, en fin ustedes deben imaginar cómo son esas cosas, cielo y mar, mar y cielo, cada día, cada noche, cada amanecer, cada semana…

Lo cierto es que por mucho que he tratado, nunca supe la fecha exacta, de aquel funesto día.

Extenuado por la dura labor del día estaba profundamente dormido en mi litera, cuando me despertó el estremecimiento sufrido por la embarcación que me tiró al piso de manera violenta, era algo distinto a un mal tiempo, o condiciones difíciles de oleaje, por lo menos de la poca experiencia que ya comenzaba a tener, aquello no era nada común, por lo que no lo pensé dos veces y me dirigí de inmediato a cubierta en busca de encontrar una explicación a lo que estaba sucediendo.

Al llegar a la plataforma que componía el área central de la cubierta de la embarcación, pude apreciar, sino en toda su magnitud, si en un alto grado el desastre tan grande que se había producido en la embarcación; todo parecía indicar, que se encontraba en sus momentos finales, porque según mi visión de novato el "Esperanza" estaba prácticamente zozobrando, con las cargas dispersas, muchas de ellas se habían salido por la borda, y se encontraban hundiéndose en el mar, por todo el barco sentía a decenas de gente quejándose de golpes y heridas, supe de otros que habían perecido de inmediato por los rotundos golpes recibidos por el impacto, y algunos que se habían desaparecido, tragados por el mar, en sólo unos minutos.

—Parece que chocamos con una roca — le oí decir, entre el griterío y las lamentaciones, a un marino encargado de las maquinas, que también había salido a cubierta con una pierna totalmente destrozada.

—Eso no es posible — dijo otro, que venía chorreando sangre por una herida sufrida en la cabeza —estamos a cientos de kilómetros de la costa más cercana, quizás pudiera tratarse de un iceberg.

—Nada de iceberg, ni de nada flotando con dureza suficiente como para producir las averías que tenemos — gritó el tío Rafael, que era uno de los pocos sobrevivientes, mientras miraba serenamente a un lado y otro, desde el puesto de mando, porque estaba en su puesto de dirección al momento del impacto —lo importante ahora es cuantificar los daños, comenzar a curar a los heridos y si es posible restañar las averías más apremiantes, para continuar navegando hasta alcanzar el puerto más cercano.

Todos comenzamos a movernos a distintas tareas, ordenadas por el tío, hasta que recibimos un segundo impacto, esta vez por la proa, comenzando de inmediato un incendio, que por sus proporciones era totalmente incontrolable.

A mi lado pasaron tres marinos totalmente envueltos en llamas, los que en su desesperación por librarse de las llamas que abrazaban sus cuerpos, terminaron por lanzarse al mar

De pronto, cuándo menos lo esperábamos emergió aquel artefacto que para muchos, incluyendo tanto al tío que se había pasado la vida navegando, como para mí, que salía al mar por primera ocasión, fue como una aparición del más allá, algo infernal y de aspecto que por desgracia no tuvimos mucho tiempo para contemplar.

De la cubierta de aquella cosa, que sin duda alguna era una embarcación recién salida de las profundidades marinas, una hilera de hombres vestidos de uniformes militares de campaña, y ametralladoras en mano, comenzaron a disparar contra nosotros a mansalva, destruyéndolo todo de una manera sanguinaria, terrible, espantosa y sobre todo abusiva, porque no había en nuestra embarcación armamento alguno, con el cual enfrentar o ripostar, aquella cruel y despiadada agresión a la cual éramos sometidos.

Tiren los botes salvavidas al agua y abandonen el barco —grito el tío —resguardándose detrás de una carga que se encontraba almacenada en cubierta.

Sentí las balas pasándome cerca, en algún momento alguna de ellas me alcanzó, pero era tanto el miedo que sentía, que no pensaba en otra cosa que en salvarme,

Lánzate a un bote —fue lo último que le escuché al tío Rafael, segundos antes de que sucumbiéramos definitivamente.

La última vez que vi al tío, se encontraba recostado, a la baranda de la embarcación, pude ver como varias balas se incrustaban en su pecho y caía de espaldas.

Así que seguramente murió como todo un capitán, hundiéndose definitivamente en las profundidades marinas junto a su embarcación

Escuchando el consejo del tío, me había lanzado dentro de uno de los botes que eran tirados por la borda, pero aun los que logramos hacernos al mar, fuimos acribillados en el agua; después tuvieron el cuidado de soltar una pequeña embarcación desde su aparato, cuya tripulación fue revisando bote, por bote, de los que andaban a la deriva, matando despiadadamente a todo lo que presentaba la más mínima señal de vida, otros dos y yo, heridos, parece que pasamos por muertos, lo cual no fue difícil porque estábamos virtualmente bañados en sangre, de las múltiples heridas recibidas en todo el cuerpo, pero como si fuera poco todo lo que habían hecho, se dedicaron a voltear cada una de las pequeñas embarcaciones que aún flotaban, esperando con toda paciencia hasta verlas hundirse, revisaron más de una vez el lugar, hasta que se retiraron a su artefacto.

Cuando voltearon el bote donde me encontraba, pensé que mi única escapatoria era mantenerme en las profundidades; al momento metí todo el cuerpo en la profundidad y comencé a nadar por debajo del agua hasta que no aguanté, saque la cabeza para tomar aire y volví a las profundidades y así hice varias veces, logrando alejarme lo necesario como para no ser descubierto.

No tengo la mínima duda que la intención de aquellos terribles militares era la de exterminarnos a todos, mientras el barco se hundía, porque por alguna razón que en aquel momento no comprendí, pero que sólo un rato más tarde corroboré en toda su macabra extensión, no podían darse el lujo de permitir sobrevivientes, que pudieran después contar lo que había pasado, y sobre todo lo que habían visto, por lo que desde el artefacto se mantuvieron alumbrando con unos reflectores hasta que se convencieron que ya no había testigos, y nuevamente se sumergieron, para desaparecer en las profundidades del mar.

Entre cadáveres tumefactos, todo parece indicar que floté boca arriba toda esa madrugada, y parte del día siguiente, por lo menos eso creo, porque acordarme, lo que se dice acordarme no me acuerdo.

En algún momento en que recobré el conocimiento, vi un madero que flotaba, posiblemente de la propia embarcación en la que navegábamos antes de la agresión, hice un esfuerzo supremo y logré agarrarme a él, después con mucho trabajo, me saqué el cinturón de cuero del pantalón y lo crucé entre mi hombro y el madero, pensando en la posibilidad de que pudiera perder nuevamente el conocimiento, y de esa forma tendría más oportunidad de sostenerme sobre aquello que flotaría mientras hubiera agua, y eso allí no iba a faltar.

No he podido precisar nunca cuantos días estuve en esa situación, sé que despertaba y perdía el conocimiento, los lapsos de tiempos que permanecía despierto, sentía una resequedad espantosa en los labios, el cuerpo me ardía y aquel cinto de cuero me sacaba sangre con su roce sobre todo en la zona del hombro, pero lejos de quitármelo, me aseguraba que no se zafaría, porque si de algo estaba claro, era que mi única posibilidad de mantenerme con vida el máximo de tiempo posible, estaba indisolublemente ligado a aquel madero que me sostenía flotando, y el hecho de que me mantuviera amarrado a él.

En algún momento pude observar a otra persona agarrada a un madero pero, fue por poco tiempo y ni pensar en quien pudiera ser aquel pobre ser humano, que como yo, había escapado de aquel infierno.

No tengo idea de cuánto tiempo duró esa situación, ni como llegue a las costas, porque cuando desperté me encontraba acostado en una esterilla, tirada en el suelo de una choza, y lo primero que mis ojos vieron fue el rostro de aquella monja, una persona de unos cuarenta años, de aspecto agradable y ojos azules y expresivos, quien al verme despierto me dijo:

—Pensé que no reaccionaría, lleva así casi sin conocimiento más de diez días, su estado de salud es realmente delicado.

En lo que hasta a mí, me pareció como un suspiro de voz, le pregunté:

— ¿Usted quién es?

¿Dónde estoy?

¿Cómo llegué hasta aquí?

¿Llegué sólo?

—Está usted en Vaitahu, un pueblo costero de la Isla Tahuata, que como debe conocer pertenece al archipiélago de las Islas Marquesas, pero después, cuando mejore su estado de salud, tendrá oportunidad de conocer bien el lugar y sus pobladores.

Como puede ver por mi manera de vestir, soy una monja, llevo ya varios años como misionera en estas islas, tuvo usted mucha suerte, dentro de su desventura, porque soy enfermera, en la práctica, la única persona con ciertos conocimientos como para curar enfermos en kilómetros a la redonda, y por esa razón recibo medicamentos de mi orden religiosa, y de las autoridades sanitarias de las islas.

Le digo lo de la suerte, porque de haber llegado a otra de las islas cercanas, hubiera sido muy difícil que recibiera la atención que requería en el momento adecuado, y no creo que en el estado en que estaba cuando llegó, hubiera soportado ni un día más sin atención.

Por otra parte, posiblemente también sea la única persona que habla español en cientos de kilómetros a la redonda, porque soy nacida en España.

El idioma oficial aquí es el francés, aunque la mayoría de los habitantes en ésta y otras islas cercanas, hablan frecuentemente idioma polinesio.

Un grupo de pescadores vieron en el horizonte, desde el litoral un par de manchas, como de cosas flotando y se acercaron para comprobar de qué se trataba, al acercarse lo vieron a usted que venía sin conocimiento, aferrado de manera increíble, a un madero que flotaba en las aguas aún profundas.

La otra mancha era otro hombre, que era ya cadáver desde hacía días, según pude comprobar personalmente, pues estaba engarrotado por la rigidez de la muerte, pero sin soltarse del madero al que parece se agarró, o más bien se aferró, mucho antes de morir.

Fue un día agitado en todo el litoral, la gente corría, gritaba, comunicando a otros el descubrimiento, hasta que me localizaron, y pude presentarme al muelle donde lo habían puesto, junto a su acompañante dentro de una canoa que estaba tirada sobre a arena, al primer golpe de vista comprobé que el hombre que se encontraba a su lado, estaba muerto, y que usted de forma casi imperceptible aún respiraba, le tomé el pulso y pude apreciar que habían señales de vida, no perdimos tiempo, y lo trasladamos sobre una malla de pescar sostenida por varios hombres hasta este lugar, donde ha permanecido desde aquel día, entre la vida y la muerte.

Con la ayuda de muchos de los pobladores, que poseen amplia experiencia, que les ha llegado de generación en generación, le hemos alimentado con jugos de moluscos, y hierbas curativas, aprovechando los breves momentos en que ha recobrado en cierto sentido el conocimiento, porque abría los ojos, pero hablaba de forma confusa y enredada, como si padeciera de delirios, por la intensidad de la fiebre, que pudimos mantener bajo control con mil remedios traídos por un nativo, que desde un primer momento me ayudó, para mantener con usted los cuidados que requería.

Le hicimos las primeras curas en las heridas que presentaban peor situación, y le hemos atendido con mil remedios, para controlar el dolor, y las infecciones producidas en las heridas.

Le debo confesar, que todo esto lo hacíamos, sólo con la esperanza de que el señor se apiadara de usted y haciendo un milagro lo salvara.

Después de aquella primera conversación con la moja, que quedó trunca, porque perdí nuevamente el conocimiento, permanecí, según pude conocer más tarde, en un estado de semiinconsciencia durante varias semanas; ella me sacó las balas que tenía por todo el cuerpo, once en total, curó de esas y otras heridas con miel, polvo de antibióticos, e infinidad de hierbas, y de remedios sugeridos por los nativos, pero sobre todo con mucha dedicación de sor Carmen, que así se llamaba la monja que siempre me atendió.

Como deben suponer, muchas de las heridas tenían un alto grado de infección, por lo que las curas eran bestiales, los primeros tiempos me raspaba toda la costra putrefacta que generaban las heridas y después la cubría con unos emplastos elaborados por la monja enfermera, mezclando distintos medicamentos y hierbas, alguna de las cuales le eran suministradas por un indígena nombrado Jumbo, según supe después, que los recolectaba entre los aborígenes conocedores de estos menesteres.

Muchas veces durante aquellas primeras atenciones, no resistía tanto dolor producido por las curas, y perdía el conocimiento, pero finalmente, gracias a un milagro según afirmaba ella, gracias a sus cuidados, según decía yo, fui recuperándome y me salvé, aunque el proceso de rehabilitación posterior, fue doloroso, lento y complejo.

Una de las tantas veces que perdí el conocimiento, al despertar vi frente a mí a un gigante, fornido y azul, lo primero que pensé era que estaba delirando o que sufrí de una terrible pesadilla, llegué a pensar que se trataba de un genio salido de una lámpara mágica. El gigante me sonrió, y comenzó a hablarme en un idioma que me resultó totalmente desconocido, yo no sabía qué hacer, en unos minutos apareció sor Carmen y con una amplia sonrisa dibujada en el rostro.

En un hilo de voz le pegunté —quien es él, es real, o estoy viendo un fantasma.

—Es jumbo, —dijo Sor Carmen sonriente. En cierta medida él es tu salvador, él fue quien te observó en el horizonte, quien salió en una canoa, junto a otros nativos, para rescatarte y traerte a la arena de la playa, él fue quien me localizó para que fuera en tu ayuda, él se ha mantenido al tanto de tu recuperación, él recolecta medicamentos y alimentos para traerlos cada día.

Ahora te estaba saludando cuándo llegue escuché que dijo:

—"Me alegra mucho que te encuentres bien, pensé que no saldrías de esta, espero que te recuperas totalmente, para enseñarte nuestra isla y para que conozcas personas que se han preocupado por ti".

Me incorporé hasta donde pude en la cama y solamente le dije:

—Gracias, muchas gracias, amigo

Así, sin pensarlo siquiera, hacía o conocía, mi primer amigo en aquella isla Polinesia

Una vez recuperado completamente, o por lo menos dentro de las posibilidades que me permitían sostener una conversación, de lo primero que hablé con Sor Carmen fue de aquel artefacto. Ahora tanto ustedes, como yo, sabemos que lo que nos agredió aquella madrugada fue un submarino, pero en aquel momento para todos los marineros que navegábamos en nuestro barco, era algo que veíamos por primera vez, por eso.

—Sabe — le dije— me gustaría saber que fue lo que nos atacó, sé perfectamente que no se trataba de nada sobrenatural, ni lo que le he contado es un sueño, o producto de alucinaciones engendradas en mi mente, por fiebres, que debo haber sufrido, por el estado de gravedad en que he permanecido durante varias semanas, es algo, concreto, horripilante, palpable, terrible, y espantoso, que vi con estos ojos que algún día se van a tragar la tierra

Sor Carmen me miró con cara de complacencia y me respondió:

—No se preocupe hijo, trataré de buscarle toda la documentación que me sea posible, comenzaré por pedir información al respecto, en la isla principal con las autoridades marítimas, también voy a solicitar a mi orden religiosa, materiales que nos puedan ilustrar sobre el tema, y consultaré personalmente con la enciclopedia que se encuentra en la biblioteca de la isla vecina.

Sor Carmen cumplió eficientemente su compromiso, suministrándome todo lo que le solicitaba, cosa que me permitió en el transcurso de los meses posteriores, en plena convalecencia, documentarme al respecto, lo cual me permitía al mismo tiempo, mantenerme ocupado durante horas y horas, en aquella investigación sobre aquel artefacto, que al final me llevaría a lograr claridad bastante acertada con respecto a lo acaecido aquella espantosa madrugada, y hasta cierto punto él por qué de la agresión.

Conocer, averiguar, indagar, mediante infinidad de lecturas, se convirtió para mí, en algo como un frenesí, un desvarío, un delirio, que no me dejaba tranquilo ni día, ni noche.

Estudié todo lo que me fue posible, busqué información técnica sobre el desarrollo de las fuerzas navales, que por su desarrollo tendrían capacidad para fabricar algo como aquello, siempre con el propósito de encontrar una explicación a la masacre que cometieron con nosotros, sin móvil aparente, en horas de una triste madrugada.

Mediante literatura, que ella solicitó a sus superiores y pudo conseguir en las proximidades con las autoridades locales, supe que el primero de estos artefactos se llamó en ingles Turtle, que en español quiere decir Tortuga y fue creado en 1776, por un norteamericano.

Ya en esta fecha se utilizó contra una fragata inglesa, a partir de entonces se siguieron experimentando:

Posteriormente se fabricó el Nautilus, también por un norteamericano, quien lo construyó en Francia, ya un poco mejorado con respecto al anterior.

Tras fracasos y frustraciones, en distintas partes del globo terráqueo, durante tiempo se seguían haciendo tentativas, muchas de ellas o posiblemente todas, secretas en su momento para el perfeccionamiento de este terrible invento; hasta un español en 1888 fabricó uno, al que nombraron Ictineo. Aunque fueron los norteamericanos y los alemanes los que más avanzaron tecnológicamente en el empeño.

He sabido más tarde que en la guerra mundial, que comenzaría un año después de aquel vil atentado contra nuestra embarcación, el submarino surgió como un arma de gran importancia estratégica, que, hasta cierto punto, tuvo preponderancia en determinado momento en la definición del conflicto mundial.

Una tarde, mientras caminábamos por un estrecho camino empedrado, que se expandía bajo la sombra que producían los árboles, disfrutando del aire marino que refrescaba nuestro paseo y además traían a nuestros oídos los cantos que se producían en distintas zonas de trabajo, y daban ese tono característico que tiene la vida del lugar, íbamos en silencio, hasta que llegamos a un claro, desde el cual observábamos, por encontrarse la explanada donde vivíamos en un promontorio a más de doscientos metros de altura, la amplia bahía llena de actividad a esas horas.

Sor Carmen, rompiendo el silencio con su suave voz, quizás pensando en voz alta, me dijo:

—Después de disponer de la información necesaria he llegado a una conclusión, que pudiera resultar espantosa, si la vemos desde el ángulo de personas comunes y corrientes, como somos nosotros, aunque cualquier ser humano que se respete como tal, no podría hacer otro razonamiento, pero visto desde el punto de vista de quienes con intenciones egoístas y pérfidas fabricaron aquel artefacto, como hemos bautizado desde un primer momento al aparato que los agredió, es que ustedes fueron tomados como conejillos de la india, quiero decir que no hubo otra intención, que no fuera la de probar la efectividad desde el punto de vista militar del submarino, que ahora sabemos que ese es su único y verdadero nombre.

Yo levanté la vista, y observé que por el cielo, de variados tonos de azules, casi frente a nosotros, corría un grupo de nubes blanquecinas, empujadas por vientos que de alguna manera anunciaba un cambio de tiempo, y que unido al verdor de la vegetación y al sonido de música, y cantos, que escuchábamos, daba al momento un singular sentido de paz y tranquilidad, que sentí como si la naturaleza se empeñara en dar sosiego a mi alma, extremadamente atormentada.

Quizás aquel panorama, influyó en el modo calmado en que le respondí:

—No cabe duda alguna que es como usted dice, no hay otra manera lógica de analizar el asunto, algún país está trabajando en la construcción de esa demoledora máquina de matar, y necesitaban probar su eficacia, y salieron en busca de una embarcación cualquiera, y para nuestra desgracia se tropezaron con nosotros, utilizándonos en el macabro experimento.

Ahora con conocimiento de causa, podemos comprender que aquel golpe que sentimos en la proa, no fue el choque con una piedra, ni alguna otra cosa, como de las que pensamos en aquel momento, fue el impacto de un torpedo.

Unos meses más tarde completamos nuestras valoraciones sobre la agresión, llegando a conclusiones del porqué de la misma, y los miserables y ruines propósitos que la motivaban aquella vil acción.

Unos días antes, una fresca mañana, mientras nos encontrábamos desayunando, sor Carmen me dijo:

—No sé si sabe usted que en una de estas islas se encuentra enterrado Paul Gauguin.

—Discúlpeme mi ignorancia— le respondí— pero no tengo la menor idea, de quién es la persona de la cual me está hablando.

Sor Carmen, mirándome con una expresión como si realmente debiera disculparla, me respondió:

—No el que debe disculparme es usted, porque debí tener en cuenta que es criado en otro continente donde quizás este hombre, que es un famoso pintor, no es tan conocido, pero de inmediato le hablo de él, para que no se pierda la posibilidad de saber cómo vivió un genio de las artes plásticas, como lo fue sin dudas.

—Tiempo para eso tenemos suficiente — le respondí risueño y me acomodé en el asiento que ocupaba, en espera del relato de Sor Carmen, que auguraba ser interesante.

Ella, tal vez comprendiendo mi intensión de escucharla lleno de placer, se sonrojó ligeramente y en tono lento y pausado, comenzó a hablar del pintor.

Paul Gauguin, nació en París, el 7 de Junio de 1848 en el seno de una familia liberal de clase media; su madre era hija de la célebre socialista y feminista Flora Tristán.

Se puede decir que Gauguin tuvo una vida aventurera, que incluye cuatro años en Perú, un empleo en la marina mercante francesa, y un prestigioso y efectivo agente de bolsa de París, proporcionándole esto último, una confortable vida burguesa con su mujer, la danesa Mette-Sophie Gad y sus cinco hijos. Parecía que su vida se desarrollaría de forma normal a partir de ese tiempo, pero en 1874, después de conocer al pintor Camille Pisarro, y ver la primera exposición de los impresionistas, se hizo coleccionista y pintor aficionado, llegando a exponer sus trabajos con los impresionistas entre los años 1876 a 1882, fecha esta última en que debido a la quiebra en la bolsa, decidió convertir su afición a la pintura, en oficio.

Un año después sus hijos y su mujer se fueron a vivir con la familia de esta en Dinamarca, lo que provocó quizás, que a principios de 1884 él se trasladara a Ruán, donde vivía Pisarro y donde pintó "hombre en la carretera" que según tengo entendido, se encuentra en la actualidad en un museo en Madrid, la cual según dicen los conocedores, es una muestra típica del estilo paisajista de Gauguin, aún dominado por la influencia de los impresionistas.

Entre 1886 y 1891, aunque durante este tiempo visitó Panamá y Martinica, Gauguin vivió principalmente en la Bretaña, donde era el centro de un grupo de pintores experimentales, conocidos como la escuela de Pont-Aven. Bajo la influencia del pintor Émile Bernard, se alejó del impresionismo y adoptó un estilo menos naturalista, al que denominó sintetismo.

Halló inspiración en el arte indígena, en los vitrales medievales, y en los grabados japoneses; estos últimos los conoció a través de Vincent van Gogh en 1888, durante los dos meses que vivieron juntos en Arles, en el sur de Francia.

Tras el altercado en el que Van Gogh intentó matarle, abandonó la ciudad.

Su nuevo estilo, marcado por la absorción de influencias del arte primitivo bretón, se caracterizó por la utilización de amplias zonas planas de colores encendidos, como en el *Cristo amarillo.*

—Lo Que no entiendo — le dije en un breve paréntesis que hizo en su explicación —es por qué está enterrado aquí.

Como comprenderás — me respondió Sor Carmen en tono suave, mientras sonreía — ese es el final de la historia, porque en 1891, arruinado y endeudado, se embarcó hacia Tahití escapando de la civilización europea, una sociedad que según decía estaba "gobernada por el oro", y de todo lo que es artificial y convencional.

A excepción de una visita a Francia entre 1893 y 1895, permaneció el resto de su vida en las Antillas, primero en Tahití y después aquí en estas islas Marquesas.

Las características esenciales de su pintura experimentaron pocos cambios; mantuvo la expresividad cromática, el rechazo a la perspectiva, y la utilización de formas amplias y planas. Sin embargo, tremendamente influido por el ambiente tropical, y la cultura polinesia, su obra fue cobrando fuerza expresiva, a medida que el tema se fue haciendo más característico, la escala de sus cuadros mayores y sus composiciones más simples.

Su temática abarcó desde escenas de la vida cotidiana, como "Tahítianas, o En la playa" pintada en 1891, hasta inquietantes escenas de supersticiosa aprensión, como "El espíritu de los muertos observa" pintado en 1892.

Su obra maestra es la inmensa alegoría, considerada su testamento pictórico:

"¿De dónde venimos, qué somos, dónde vamos?"

Que vio la luz en 1897, pintado inmediatamente antes de su intento de suicidio.

Una modesta pensión que le enviaba un marchante de arte de París, le mantuvo hasta su muerte, el 9 de mayo de 1903, en el pueblo de Atuana, aquí cerca, en la isla Hiva-Oa.

Cuando quieras vamos para que veas su tumba, eso te permitirá como ha sucedido conmigo, gravar cada detalle de la vida y la obra de este importante hombre de la plástica.

Días más tarde, casi al amanecer, salimos en una pequeña embarcación rumbo a Hiva- Oa, con la intención de visitar la tumba de Gauguin.

El mar estaba sereno, el sol recién se asomaba en el horizonte, presentando matices rojizos en el cielo, y las aguas que a nuestra izquierda formaban un haz de reflejos plateado-dorado, que fue ampliándose en el horizonte, en la medida que pasaba el tiempo, hasta desaparecer, como sucede siempre con estas imágenes formadas por los reflejos del sol en el mar, de manera imperceptible.

El trayecto duró poco más de cuatro horas, y atracamos en la zona sur de la isla en la propia Atuana que es el lugar donde reposan los restos del pintor, él lugar presentaba un aspecto similar a la isla donde vivíamos, pero quizás con algunos adelantos, sobre todo en el aspecto de la estructura constructivas y de viabilidad.

Cumplido nuestro propósito, y por tanto nuestra visita a la isla, nos disponíamos a regresar al atracadero para abordar la embarcación, y retornar a nuestra isla, cuando escuchamos a un vendedor de periódicos pregonar a todo pecho.

¡Estalló la guerra! ¡Varios países van a las armas!

Así conocimos de la información del estallido de la primera guerra mundial, fue un día de esos inolvidables que tiene uno en la vida, por lo dura y terrible que fue para mí la noticia, no continuamos nuestro camino, me senté en un banco de un parque para esperar a Sor Carmen, que se había separado de mí para hacer unas gestiones relacionadas con su misión, y ampliar la información que acabábamos de escuchar, al rato trajo la noticia, que aparecía en grandes titulares de un periódico, en este caso español para que yo pudiera leer.

—Se dice que la causa del conflicto fue el asesinato en Sarajevo del príncipe heredero austríaco, lo que provocó la invasión de Servia por Austria y de Bélgica por Alemania — dijo Sor Carmen, con la vista perdida en el infinito, como si de allí extrajera aquellas magistrales conclusiones.

Pero según mi opinión, se trata de una guerra de rapiña para realizar un nuevo reparto del mundo, como sucede casi siempre en estos casos, detrás de los millones de hombres que pierden sus vidas heroicamente, por las banderas de sus respectivas naciones en estas conflagraciones, se esconden los intereses más egoístas y mezquinos, de personas e identidades sin escrúpulos que tienen objetivos de tipo económico, o dicho en otras palabras el de acumular capitales a costa del derramamiento de sangre que vierte los patriotas en cada enfrentamiento.

Ahora podemos comprender con mucha más claridad los propósitos de la agresión que sufrió el "Esperanza" y su tripulación, seguramente una de las potencias que participa en este conflicto mundial, se preparaba desde entonces para el conflicto, de ahí el razonamiento de que el incidente del príncipe, es única y exclusivamente un pretexto, un ardid, una justificación como otra cualquiera, para iniciar las hostilidades y lograr sus fines.

Yo, aunque estaba totalmente de acuerdo con lo expresado por aquella santa mujer, no pronuncié palabra alguna, permanecí callado, tal vez meditando sobre lo que había escuchado.

El inicio de esta guerra para mí, en las condiciones de salud y lejanía en que me encontraba, fue como si me dieran con una maceta en pleno rostro, ya en mi proceso de recuperación empezaba a estar en condiciones de agenciármelas para abandonar aquel lugar, y retornar a este, que no es mi tierra natal, pero sí donde se encontraron siempre los lazos que hacen de un hombre el arraigo verdadero a un territorio, que acoge como su patria, y ahora esa posibilidad desaparecía como por arte de magia, dejándome expuesto a permanecer en aquella isla por un tiempo verdaderamente impredecible, teniendo en cuenta la existencia de un conflicto, de un carácter y transcendencia tal, que cambiaría el mundo y cualquiera podía imaginar la magnitud de esos cambios en unas islas, que normalmente están totalmente alejadas de los más importantes acontecimientos del globo terráqueo.

Así con los ánimos por el suelo, hicimos en viaje de retorno y sin hablar subimos hasta la elevación donde se encontraba la choza que ocupábamos, donde me senté en silencio a contemplar el paisaje, para con ello aliviar en algo el estado de desesperación y desolación, en que me encontraba.

Sor Carmen al observar la profunda tristeza que se reflejaba en mi rostro, y con el tono de voz más dulce que jamás escuché ni antes, ni después, en toda mi vida, dijo:

—Debes tomarlo con calma hijo, es quizás una prueba más que Dios pone en tu camino, un nuevo obstáculo a vencer en esta larga encrucijada de tú existencia humana, piensa en los que ahora están bajo la metralla, sacudidos por el hambre, las plagas, la más infinita desolación, separados de sus seres queridos por la distancia, o peor aún por la muerte, que es de las separaciones la única definitiva e irreparable.

Cuando analices todo eso, veras como tu alma encuentra paz y sosiego y regresa la calma a tu espirito.

No respondí nada, para no ofender las creencias de tan noble mujer.

Me levanté del asiento que ocupaba, y me paré en la explanada donde estaba construida la choza, en la cual la noble mujer desarrollaba sus funciones, y yo dormía, me puse a contemplar por primera vez la desembocadura del río, y el movimiento de los pescadores, que entre el brillo de las aguas producido por el sol, desarrollaban su labor cotidiana, inconscientes de la situación de crisis extrema que atravesaba el mundo, quizás por alejados, o desconocedores de un acontecimiento tan trascendental, o tal vez conocedores, pero sabedores sobre todo, que su único mundo era aquel, y que su labor era lo que en fin de cuentas les daba la manera de subsistir, aunque no sabían en aquel entonces, que de cierta manera la conflagración mundial incomunicó aún más aquella apartada isla del resto del planeta, lo que afectó de manera apreciable la vida económica de su población.

—Ha dejado de llegar el correo — me dijo una mañana Sor Carmen— parece como si el mundo se hubiera olvidado de la existencia de esta isla.

—Ahora no tendremos ni siquiera noticias— respondí yo mirándole, quizás con infinita tristeza a los ojos.

—Le aconsejo, hijo — dijo la santa señora — que se dedique a leer y a hacer ejercicios físicos, para lograr la completa rehabilitación de su cuerpo y lograr estabilidad en su alma, aún es usted joven, y tendrá tiempo para de alguna forma rehacer su vida, cuando Dios así lo estime.

Tengo una buena cantidad de libros y estoy segura que poco a poco me las agenciaré, y podré adquirir nuevos en las islas cercanas para que no le falte que leer.

Debe buscar actividad, física e intelectual, que es la mejor manera de mitigar tristezas, esto le permitirá que el transcurso del tiempo no se le convierta la estancia en este apartado lugar en un tormento.

Escuché los consejos de sor Carmen, me convertí en un asiduo lector, tuve semanas que leí hasta dos libros.

En las mañanas la mayores acompañado por Jumbo, salía a caminar por las arenas de la costa, como una manera de ejercitarme, corría por la arena, cuánta piedra me encontraba, me agachaba, la recogía y la lanzaba al agua, muchas veces de forma tal que caminaban un largo trecho por encima del mar otras veces nadaba.

Jumbo, desde un primer momento estableció conmigo una afinidad increíble, para dos personas que ni siquiera podían comunicarse por la barrera del idioma, con él salía de pesca con fija, según la costumbre del lugar, el me enseñaba todos los secretos de esta arte primitiva de pesca, me enseño a poner trampas tradicionales de los aborígenes, con las cuales cazaba alguno que otro animal para contribuir a la alimentación nuestra, y de alguno que otro nativo, de los que por razones de salud, no tenían medios de subsistencia, y que acudían a Sor Carmen a solicitar ayuda, sobre todo ancianos y niños.

Pronto comencé a enseñar español a Jumbo y él a su vez a enseñarme su idioma, en eso nos pasábamos tiempo, nos reíamos y nos burlamos el uno del otro, todos esto mientras nos dedicábamos a esta o aquella actividad, siempre cn un contenido de ejercitación física.

Muchas veces me pasaba horas escuchando los cantos, que ya comenzaba a entender, de los hombres del lugar mientras trabajaban, o hacían alguna actividad importante de su vida cotidiana, porque la música goza de gran aprecio en toda la Polinesia, pero tal vez en ningún sitio lo es tanto, como en las Islas Marquesas.

La música es imprescindible, en cada una de sus islas, para la celebración de ritos religiosos, para la culminación exitosa de cualquier trabajo, o las actividades recreativas, en las cuales se convierte en algo esencial, primordial, imprescindible.

A veces llegaba a extasiarme con la música cantada por aquellos hombres, que la llevaban a vías de hecho de la manera más natural, como una necesidad vital de acompañamiento de su actividad; esta forma de expresar la música es quizás la más extendida en toda la zona, algo que se hace por tradición, por el traslado de generación en generación, se utilizan insólitas técnicas de producción vocal, sin haber asistido nunca a una clase de música o canto.

Una característica de esta música es la yuxtaposición de dos frases melódicas y un estribillo.

Este fragmento, un solo masculino, repite cada una de las dos frases cuatro veces, intercalando un estribillo, todo ello con un sonido vocal atrayente en grado superlativo, que llega a tus oídos, de manera agradable, suave, encantadora, algo verdaderamente, sorprendente.

Jumbo me llevaba a veces y allí me pasaba horas, en lo que pudiéramos llamar una planta artesanal para la obtención de la copra, que como se sabe es la capa carnosa interior del coco seco y donde muchas veces trabajé, no con el ánimo de ganar dinero, más bien con la intención de ayudar a los nativos y de paso entretenerme y sobre todo practicar el idioma.

En la choza donde vivía que funcionaba como iglesia, hospital y remanso para las almas atormentadas, Sor Carmen tenía un pequeño estanque con peces, de variados tipos y colores, allí, bajo un frondoso árbol, me pasaba horas y horas contemplando aquellos animalillos en su silencioso mundo, con aquella aparente tranquilidad que envidiaba, porque les sentía como si nada a su alrededor hubiera sufrido alteración alguna; mientras los observaba, pensaba invariablemente en la forma tan absurda que se me había complicado la existencia.

Allí me encontraba una tarde sumido en mis pensamientos, cuando se me acercó Sor Carmen y quizás con el propósito, como hacía frecuentemente, de sacarme de mi estado de ánimos, me dijo:

—¿En qué estás pensando hijo, que se te ve tan afligido?

—Mientras más lo pienso, madre— le respondí, seguramente con la más infinita de las tristezas reflejada en el rostro— más me convenzo que soy el único culpable por el alejamiento que se ha producido entre Felicia, la mujer que amo, y yo.

Sor Carmen, esbozando una sonrisa, y con el tono de voz más dulce que le fue posible me dijo:

—No se achaque usted toda la responsabilidad, piense cuánta insensatez y maldad predominan en este mundo, donde la codicia, el odio, y las pasiones más bajas y absurdas, dominan por doquier; desde que la humanidad. es humanidad, hasta llegar a límites insospechados como esta guerra, que por lo que sé, reviste carácter mundial y que solamente traerá a los pobladores del globo terráqueo miseria, hambre, desolación, y el atraso tecnológico, y económico, más absoluto.

Piense que usted es solamente una víctima más, de las tantas que sufren en estos penosos momentos en que vivimos, sus sufrimientos con relación al de toda la humanidad en estos tiempos tan crudos, son como un granito de arena en un desierto o una gota de agua en un océano.

Piense que no hay mal que dure cien años.

—Ni cuerpo que lo resista — le respondí casi en un triste susurro —esta respuesta quizás le hizo pensar que no era un momento oportuno para aquella conversación, dejó de hablar, y se retiró silenciosamente, para regresar a sus trajines y yo continué en mis meditaciones.

Me sentía el ser más insignificante de este mundo, cuando valoraba que los años pasan, nacen y mueren hombres, cambian los tiempos, se transforman las tecnologías, se alcanzan logros científicos, que antaño pudieron parecer sueños y fantasías, pero el corazón, los sentimientos, la manera de comportarse los hombres, no sufren cambios sustanciales, los que en sus pasiones, muchas veces se hacen la existencia difícil los unos a los otros, sin percatarse que la vida es un soplo, un sueño, una breve estancia de convivencia en la tierra.

Aquel día llegué a pensar que el hombre es solamente feliz al morir, que muchas veces nada es tan vano o inútil, como una vida humana.

Era uno de esos días en que uno puede hasta arrebatarse la vida, pero entonces llegó hasta mí, como un canto de sirenas la imagen de Felicia y pensé en el amor que sentía por ella, en la posibilidad de poder verla. Entonces todo pareció tomar sentido, vi quizás por primera vez el verde de las plantas, los tiernos y llamativos colores de aquellos pececitos, el radiante sol de cada amanecer todo aquello llegó a mí, como un canto de esperanza, sentí el trino de los pájaros, toda la majestuosidad de aquellas islas que a pesar de su relieve montañoso gozan de una fertilidad exuberante y un aire fresco y puro, todo esto llenó mi existencia con tanta belleza, que de alguna manera hacía que la imagen de la mujer amada, llegara a mi mente como un remanso guardado celosamente en mis recuerdos, y pensé en los días vividos junto a ella y entonces, sin hablar, aquel día se lo brindé a sus ojos negros, a su terso y tierno pecho, a su suave y dulce voz, y tuve la sensación como si una luz, blanca, fuerte y deslumbrante, me cubriera, dándome fuerzas para seguir viviendo con cierta tranquilidad, en aquella espera que parecía infinita.

Quizás ahora a ustedes le parezca tonto o cursi, esta parte del relato que les hago, pero yo sé perfectamente que ese día decidí no morir, y continuar viviendo para Felicia.

En esa vida de subsistencia, llena de tedio, tristeza y melancolías pasé cuatro largos años de mi vida.

Pude conocer que me encontraba en La Polinesia Francesa que está dividida en cinco archipiélagos: las islas de la Sociedad, compuestas por las islas de Barlovento y las islas de Sotavento, el archipiélago Tuamotú, las islas Gambier, las islas Australes, y las islas Marquesas. Isla Clipperton, más un atolón deshabitado que se encuentra al sur de la costa de México; esto último llamó mi atención y averigüé hasta donde me fue posible que era un atolón lo cual me resultó algo verdaderamente interesante, pues se trata de la formación de una isla a partir de una erupción volcánica y para su formación se producen varias etapas que pueden duran millones de años.

En primer lugar un volcán hace erupción en el suelo del océano y su lava forma capas nuevas del volcán, que le hace surgir hasta la superficie exterior observándose a simple vista como una montaña cónica ya en forma de isla.

Entonces por un proceso natural del desarrollo de la vida el coral comienza a crecer en las aguas profundas que rodean la isla volcánica, formando un arrecife coralino que en el transcurso del tiempo incrementa su plataforma.

Me disculpan esta disertación de corte científica sin mucho sentido, pero es que quedé impresionado por el fenómeno, al que tuve oportunidad de ver personalmente.

De toda la Polinesia francesa la isla principal es Tahití, y su ciudad más importante, Papeete, es la capital del territorio.

Al comenzar la década de 1840, las islas se anexionaron a Francia.

La pequeña isla donde vivía es una de las Islas Marquesas, conjunto insular de la Polinesia francesa, al sur del océano Pacífico.

Las diez islas volcánicas del conjunto tienen una superficie total de 1.274 km2. Hiva-Oa es la mayor isla del conjunto y es en ella donde está enterrado el pintor francés.

Nuku-Hiva es la segunda en extensión y en ella se ubica la capital administrativa, Hakapehi.

Tahuata como he dicho se encuentra al sur de esta, por lo que se me facilitaba la comunicación con la capital a la que podíamos ir en pequeñas embarcaciones de los aborígenes, la mayoría Polinesios, aunque también entre los moradores de la isla había chinos y europeos, estos últimos más escasos, y con un modo de vida generalmente más acomodado, con los cuales por esta razón, unido a la barrera del idioma tuve escasos contactos.

Una mañana como era mi costumbre me encontraba parado en la explanada frente a la choza, contemplando la ancha ensenada donde iban y venían los nativos en su diario bregar, cuando vi entrar una embarcación de gran calado, con bandera norteamericana; para mí fue como un golpe de alegría verla surcar lentamente las aguas para arribar al pequeño atracadero, quizás fue una ilusión, tal vez una premonición de esas que no tienen mucha explicación, pero el corazón se me quería salir del pecho, empecé a dar gritos, como lo hacían la mayoría de los habitantes de la isla ante la presencia de aquella embarcación, después de tantos años, que no entraba un barco procedente de otro país.

La isla se alborotó en unos instantes, el movimiento de personas aumentó, los nativos corrían de un lado para otro, los cantos se incrementaron, se comenzaron ritos religiosos, muchos se apuraban en surtir sus establecimientos de oferta de los productos que producían.

La gente estaba contenta, el arribo de una embarcación después de tantos años, además del contacto con el resto del mundo, significaba la posible venta de productos, que antes de la guerra gozaban de buena demanda como la copra, las vainas de vainilla, y gran variedad de frutos menores

A recibir a los visitantes fue invitada sor Carmen, por el dominio que tenía del idioma inglés, yo la esperé intranquilo, como quien se encuentra en una habitación contigua a una sala de operaciones donde intervienen de una grave enfermedad a un querido familiar.

Esa tarde llegó con rostro resplandeciente, y sabiendo que esperaba por sus noticias me dijo:

—Según dicen la guerra está a punto de concluir, ellos van a estar aquí el tiempo necesario para comprar plátanos, tubérculos y otros productos agrícolas, una parte que necesitan para su viaje y otra gran cantidad para venderlas en distintos puertos donde harán escala.

Piensan que estarán por acá a lo sumo una semana, pero no te preocupes, que hoy en la noche recibiremos la visita del Capitán de la nave, con quien he comenzado una magnífica relación de amistad, y de él podrás escuchar de primera mano las noticias que trae de la contienda mundial.

Esa noche tal y como había anunciado sor Carmen se presentó a nuestra choza con el capitán del barco, un hombre de unos cincuenta años, alto delgado, me llamó la atención su rostro, que aún detrás de la barba entrecana, se veía surcado por arrugas, en las que seguramente tenían mucho que ver el salitre, el sol y la intemperie.

. Era de lento andar, y de hablar suave y pastoso.

Sor Carmen me presentó como un naufrago, y le contó en mi presencia, la forma en que me habían encontrado, y el estado lastimoso de salud que presentaba al llegar, así como la manera, terrible y horrorosa en que fuera agredida la embarcación en que navegaba.

—Fue un submarino — dijo el capitán y tradujo sor Carmen — ha sido un arma surgida en esta guerra de gran importancia estratégica, hay una foto que en su tiempo recorrió el mundo, en ella se ve al vapor Lusitania al momento de partir de Nueva York en 1915 para emprender su último viaje.

Unos días después la nave fue torpedeada por un submarino alemán frente a las costas de Irlanda, y se hundió en 20 minutos; perecieron en esta vil agresión casi mil doscientas personas que se encontraban a bordo.

Aquello fue todo un escándalo diplomático porque los alemanes alegaron que el navío transportaba armas, lo que fue negado por Gran Bretaña, y Estados Unidos.

Este incidente fue uno de los factores principales que impulsó a Estados Unidos a participar en la Guerra.

Ese mismo año se destacó de forma especial en el conflicto, el bloqueo submarino, impuesto por Alemania a Gran Bretaña, y un año más tarde en 1916 fue noticia el hundimiento por un submarino Alemán, del vapor francés Sussex en el canal de la mancha, donde también perecieron infinidad de pasajeros, entre ellos muchos estadounidenses, lo que de nuevo trajo como consecuencias divergencias, y polémicas diplomáticas de todo tipo entre los dos países.

Es un arma nueva, de la que se puede decir que hasta cierto punto, ha sido preponderante en el conflicto, que gracias a Dios está a punto de terminar, porque los alemanes, en lo que considero un acto desesperado, decidieron llevar a cabo un esfuerzo supremo para romper las líneas aliadas en el frente occidental y llegar así hasta París, pero no lo lograron en su primer intento, a pesar de que ha sido sin dudas una poderosa ofensiva, dirigida fundamentalmente contra el frente británico situado al sur de Arras.

Tuvieron éxito durante la primera semana pero los aliados tomaron sus medidas y los obligaron a retroceder, ahora los muy desgraciados emprendieron su segundo intento, se dice que llegaron a 60 kilómetros de París, pero su ofensiva decae por días, y no creo que puedan salir de este atolladero en que se han metido.

Los aliados acaban de tomar la iniciativa en el frente occidental, y estoy seguro que ya será definitivamente, que Alemania no tendrá otra alternativa, que la de rendirse incondicionalmente.

Yo que había escuchado atentamente la explicación brindada por el capitán Peg, pude comprobar que las conclusiones a que había arribado junto a Sor Carmen, no estaban lejos de la realidad, y entonces le dije:

—Ya por nuestra cuenta conocimos que el artefacto que nos atacó fue un submarino, lo que no sabíamos era que habían continuado acumulando víctimas de personas inocentes, como estas que usted acaba de mencionar, civiles la mayoría, gente indefensa y hasta cierto punto, ajenas al conflicto que se desarrolla en la actualidad.

Ojalá como usted dice, pronto termine esta espantosa guerra, y nuevamente la humanidad tenga la posibilidad de resurgir como ave fénix de entre sus cenizas, tal vez para nunca más cometer un error tan garrafal, como este de enfrentar al mundo en un conflicto global.

En ese memorable encuentro, comimos y bebimos de lo mejor que teníamos, y despúes nos sentamos en unos sillones de madera en la explanada frente a la choza, a disfrutar de la suave brisa marina y del batir lejano de las olas, teniendo como fondo los cantos que llegaban a nuestros oídos, desde la zona poblada de la isla.

La conversación se prolongó hasta altas horas de la noche, hablamos de la guerra, de literatura, de arte, de historia, de anécdotas de sus viajes, y de experiencias vividas por Sor Carmen en las misiones que había cumplido en territorio africano, yo participaba en la medida de mis posibilidades, sirviéndome de ella como intérprete.

A partir de ese día, como si conversar fuera para él una necesidad vital, diariamente recibimos la visita del Capitán Peg, que llegaba sobre las ocho de la noche, y permanecía conversando y bebiendo, a veces con bebidas que traía él desde su embarcación, hasta las doce o la una de la madrugada.

A partir del tercer día se hizo acompañar de Sebastián, contramaestre del barco de origen puertorriqueño, que fue una especie de complemento en el grupo, porque dominaba perfectamente los dos idiomas en que conversábamos, y esto permitía que se comunicara directamente conmigo, además de ayudar a Sor Carmen con las traducciones.

—¿Existirá la posibilidad de qué pueda irme en ese barco?— le pregunté una mañana a sor Carmen— si el barco va rumbo a Estados Unidos, no creo que sea difícil, que una vez allí pueda trasladarme a mi tierra.

—Eso solamente lo sabremos preguntándole al capitán — dijo Sor Carmen— lo cual haremos esta misma noche.

—Qué travesía le espera al salir de nuestra isla — preguntó sor Carmen en medio de la conversación— se dirigen directamente a Estados Unidos.

—No, vamos con rumbo al sur — respondió el capitán — pegados al continente suramericano iremos tocando puertos daremos vuelta por el estrecho de Magallanes, haremos escala en Mar del Plata para tomar carga, de ahí vamos a Puerto Rico, pasamos por Cuba, donde dejaremos y recogeremos carga, y entonces es que regresamos a Norteamérica

— ¿Será posible entonces que puedan llevar de regreso acá al amigo Aniceto? —preguntó Sor Carmen, mientras a mí parecía que el corazón se me quería salir del pecho por lo fuerte que me latía — como se debe imaginar, él no tiene dinero, no sé si eso será un inconveniente para que pueda acompañarlos —preguntó Sor Carmen, mientras a mí parecía que el capitán Peg se demoraba todo un siglo para responder, mientras sentía un ligero temblor interno que me recorría por todo el cuerpo.

—No, no hay inconveniente alguno— respondió finalmente el capitán Peg, pasándose la mano por la barba mientras me miraba con cierta picardía.

Por lo del dinero que no se preocupe, estamos en guerra y él es una víctima, además que trabajo como para que se gane la vida, siempre hay en mí barco.

Los dos días que faltaban para la salida del buque han sido los más largos de mi vida, no tenía sosiego, deje de leer, de visitar la costa, de ver a Jumbo, y hasta de mirar los peces, solamente el canto de los pobladores me acompañó hasta el último momento, quizás por eso, aún hoy recuerdo aquellas bellas melodías, que un día llenaron mi espíritu de alegría, en medio de la más espantosa tristeza.

—No se desespere — me dijo Sor Carmen una tarde ya próximo al momento de partir— parece que lo peor ya pasó, como todo en esta vida que pasa, se queda atrás, formando parte de nuestros recuerdos, algunos alegres, otros tristes, buenos y malos, pero que en fin de cuéntas van formando nuestra historia personal.

Al fin llegó el día, eran las tres de la madrugada cuando llegamos a la escalerilla que nos daba acceso a la embarcación, Sor Carmen nos fue a despedir al muelle donde estaba anclado el buque, también un grupo de nativos con los cuales había trabado amistad, entre ellos y en primer orden Jumbo, que en su idioma me dijo:

—Fuiste un gran amigo, siempre me acordaré de ti, te deseo muchas cosas buenas en tu tierra y ya sabes cuando quieras ven, que siempre serás bien recibido por todos los que te conocimos, porque te tomamos mucho cariño.

Ya al momento de arribar miré a sor Carmen que con los ojos aguados por el llanto y besando cariñosamente la mano que me tendía a modo de despedida le dije:

—Si por una cosa no me gusta dejar esta isla es por usted, porque es de esas personas que uno siempre quisiera tener al lado y por otra parte, sé perfectamente cuan sola quedará, después de tanto tiempo acompañada, pero estoy seguro que encontrará consuelos en la hermosa tarea que enfrenta cada día en este apartado lugar.

Ella me miró directamente a los ojos, como si quisiera gravarme para siempre en su memoria, y me respondió:

—De que lo voy a extrañar no tenga dudas, pero no se preocupe por mí, lo que hago lo disfruto de todo corazón, hace años que me entregué definitivamente al señor, soy uno de sus múltiples instrumentos, siento que a través mío esparce su bondad por este difícil y apartado lugar del mundo.

Usted cumpla el camino que le ha trazado él, le deseo de todo corazón las mejores cosas del mundo.

La travesía de regreso, la pasé trabajando como ayudante en la cocina, por un problema de elemental gratitud no acepté paga por esta labor, pero la necesitaba para emplear mi tiempo en algo útil y no pasármela aburrido en un ambiente que me traía tan macabros recuerdos; máxime cuando aún no habían desaparecido los peligros de la guerra, por lo que por las noches sufría de terribles pesadillas, que muchas veces me obligaron a abandonar mi litera para salir a la superficie del barco, donde tras contemplar la inmensa oscuridad de la noche con la brisa acariciándome el rostro lograba recobrar el sueño.

Con Julián el puertorriqueño que nos visitaba en la isla, mantuve durante todo el trayecto magníficas relaciones, nos veíamos en nuestro tiempo libre y en muchas ocasiones fuimos invitados por el Capitán Peg a su camarote donde, como en la isla, nos sorprendían altas horas de la madrugada hablando o jugando a las cartas.

Del viaje de regreso lo más trascendental fue la declaración de la conclusión de la guerra, que se produjo a nuestra llegada a Mar del Plata, en Argentina, el buque acababa de anclar, cuando sentimos el algarabío de las multitudes de personas que se lanzaron a las calles danzando, riendo ebrios de felicidad, tocando música con infinidad de instrumentos, la gente bailaba, se abrazaban, aquello fue tremendo, nunca antes, ni después, he visto una alegría masiva tan desbordante.

Las calles se encontraban llenas de banderas de mil colores, todos, cada uno a su manera disfrutaban ante un acontecimiento que a esa altura estaba estremeciendo al mundo, al pensar que se acababa la I Guerra Mundial que había durado cuatro años, tres meses y catorce días, este dato lo sé perfectamente porque sumándole un año, es el total del tiempo que permanecí en Tahuata.

El conflicto, económicamente hablando representó perdidas ascendentes a una cifra aproximada a los 186.000 millones de dólares para los países beligerantes, y sumió a la humanidad en un proceso de escaseces de todo tipo, pero como todos sabemos se recuperó.

Las bajas en los combates terrestres ascendieron a 37 millones de personas, y se calcularon en casi diez millones de personas pertenecientes a la población civil que fallecieron directa o indirectamente a causa de la contienda.

A pesar de que todas las naciones confiaban en que los acuerdos alcanzados después del conflicto restablecerían la paz mundial sobre unas bases estables, las condiciones impuestas promovieron un conflicto aún más destructivo y en 1939 comenzaría una nueva guerra mundial, la segunda y espero que la última.

Esta por suerte me garró aquí, donde como es sabido no se sufrió en extremo

Cuarenta y cinco días después de la terminación del conflicto; una tarde nublada, el capitán me avisó para que viera entre la niebla los contornos de mí tierra, al contemplar a El Morro y la silueta de la capital de Cuba, sin decir palabras, comencé a llorar en silencio toda mi amargura de casi seis largos años, y la felicidad de saber que toda esa pesadilla finalmente había quedado atrás.

Horas más tarde arribé al territorio del país y aunque en un principio no lo quise aceptar, el Capitán Peg, me pagó por todo el tiempo trabajado, dinero con el cual comencé nuevamente en el negocio de vendedor ambulante.

Al día siguiente de mi arribo a puerto, ya estaba de nuevo en este pueblo, que me había abrazado como a uno de los suyos antes de partir.

Ya en casa de mi tío, frente a un espejo me dediqué a revisar las cicatrices, marcas de quemaduras y afectaciones óseas que me había dejado la aventura y comprobé cuán mal físicamente me había dejado la agresión de aquel submarino: mi mano derecha no me servía para nada prácticamente, las marcas de las heridas mal curadas después de mantenerse durante mucho tiempo infectadas, daban a mi cuerpo un aspecto terrible, padecí durante años de aquellos dolores de cabeza que muchas veces me hacían convulsionar hasta perder el conocimiento.

Estaba vivo, pensé, pero también razoné que no estaba en condiciones de presentarme ante Felicia, después de tantos años siendo como era un despojo humano, por lo que con dolor de mi alma decidí olvidarme de su existencia, pensé también que seguramente ya a esas alturas, había encontrado un buen hombre que se casara con ella, y una aparición mía nuevamente en su vida, sólo sería para causarle molestias.

Meses más tarde me casé con Josefa, quien fue mi paño de lágrimas desde que arribé nuevamente a este pueblo; con ella a quien quiero mucho he vivido estos años, no me quejo en ese sentido, pero sé que mi vida se fue de cause, por lo cual todo se ha ido comportando de manera muy distinta a como hubiera deseado que fueran las cosas.

Josefa, anegada en llanto, se secaba con el delantal los ojos, mientras Urbano disimuladamente abandonaba la sala, para que no lo sorprendieran llorando, pues sabía que estaba a punto de hacerlo y recordaba aquello de que "los hombres no lloran".

Alberto, en un gesto cariñoso, le puso el brazo por la espalda y le dijo:

—Nada, que le tocó vivir tiempos difíciles, épocas en las que, como usted dijo, murieron millares y millares de personas, tiempos en los que sucumbieron al hambre, a las enfermedades, a las armas y a las heridas bajo la metralla, o aplastadas por los carros de combate, personas que de otra manera, hubieran tenido una existencia normal y quizás hoy la humanidad podría gozar de mayores adelantos y bienestar.

Aquella fue una guerra tan terrible e inhumana que estremeció al mundo, e hizo reflexionar por primera ocasión a los mandatarios de las grandes potencias y de todos los pueblos del mundo, en cuanto a la coexistencia pacífica entre los pueblos, y en la necesidad de poner algunos correctivos a los desmanes, abusos y crímenes, como el cometido con ustedes, lo que provocó acuerdos internacionales para que se respetaran determinados parámetros de comportamiento de los ejércitos, con respecto al ser humano, en futuras conflagraciones, después como usted ha dicho vino la otra, la segunda que por suerte se desarrolló muy lejos de nuestro ámbito, pero que fue más espantosa aún.

Pero le propongo que no hablemos más de cosas tristes, quiero que dentro de unos días usted me acompañe a la capital para que conozca a sus nietos, a mi esposa y se pase unos días por allá, para que sin que Josefa se ponga brava, pueda usted conversar después de tantos años con mi madre, no de estas cosas tristes que yo me encargaré de poner en su conocimiento, sino de las cosas buenas que siempre suceden a nuestro alrededor.

¿Qué le parece?

—Haré lo que mejor tú consideres, hijo — respondió Aniceto pasándole la mano por la cabeza a Josefa— bueno si Josefa me da permiso.

—Bueno eres tú como para andar pidiendo permiso — dijo Josefa sonriéndose.

Alberto regresó para la capital, el breve viaje de regreso, lo hicieron conversando, porque casi al momento de salir, Macho que había quedado impresionado por el relato del viejo Aniceto comentó:

—Sí que se parece el viejo a ti, a pesar de las cicatrices que por suerte no tiene ninguna en la cara, y de la invalidez de la mano, el parecido contigo es tal, que puedes tener la seguridad que así serás cuando transcurran los años y arribes a los cincuenta.

Por lo que escuché la vida de tu padre ha sido realmente dura, y no tan sólo por lo que dijo, sino por lo que se guardó para sí, porque estoy seguro que se calló muchas otras vivencias de su temporada en aquella isla, que debieron ser terribles, uno se imagina verse de pronto en una isla perdida en medio del océano, de la cual no conoce hábitos, costumbres, y ni entender el idioma que se habla, y además con una salud tan deplorable y un estado de físico tan deteriorado, como el que se encontraba él al llegar a la misma, ya es suficiente como para sentirse la persona más desventurada de este mundo, después, como si esto fuera poco, al inicio de la guerra lo agarra en esa situación, saber que estaría allí incomunicado del resto del mundo hasta no se sabría cuando, debe haber sido algo realmente espantoso.

Alberto que escuchaba lo expresado por su amigo, al tiempo que analizaba la espera durante toda una vida de su madre, por aquel hombre que acababa de conocer, dijo, como si soltara los pensamientos que le quemaban en lo más profundo de su espíritu:

—Nada que la vida tejió una triste historia en torno a mis padres, porque mi madre, quizás de una manera más silenciosa y sin sufrimiento corporal, pero de forma estoica, se ha pasado la vida entera, porque comenzó desde su más temprana juventud, esperando por el regreso de ese hombre que acabas de conocer, su gran y único amor.

Te debo decir que no le he conocido otro hombre desde que me acuerdo, y pretendientes no le faltaron, incluso gente de muy buena posición que de haber querido la hubieran atendido como si fuera una reina.

Cuando el auto se detuvo frente a su casa y casi al momento de bajarse, macho mirando con expectación a su amigo preguntó:

— ¿Ahora qué piensas hacer con la vieja?

¿Le vas a contar del viejo?

¿Será bueno para ella?

Alberto, a modo de despedida, le tendió la mano a su amigo y le respondió:

—Voy a verla ahora mismo, no puedo dejar de contarle que vi al viejo y todo lo que acabo de saber, para ella ese ha sido el centro de su vida, lleva años insistiéndome en que le buscara y yo no le hacía caso y siempre dejaba para después su encargo de que me ocupara de localizar al viejo, por eso me siento hasta cierto punto culpable, porque de haberle hecho caso, hace tiempo que esta historia fuera conocida y ella se hubiera ahorrado muchos sufrimientos, de los que calladamente padeció siempre.

Unos minutos más tarde Alberto se bajaba del auto frente a la casa de su madre, y se paraba frente al amplio portalón de la casa donde vivió sus primeros tiempos en la capital.

Comenzaba a oscurecer y una luna nueva iluminaba ya, anunciando una noche clara y despejada, una suave brisa acarició su rostro al momento de pararse delante de la puerta para introducir la llave.

Quizás la combinación del ambiente, con todo lo acaecido aquel memorable día removió los recuerdos del joven, aquel lugar era como un símbolo de la nueva vida de prosperidad desarrollada por él, de conjunto con su familia en los últimos años, si hubiera permanecido en la finca aún estaría trabajando, como su abuelo de sol a sol, para al final de la vida no tener ni donde caerse muerto y sus hijos correrían el mismo destino.

Siempre fue así, determinada generación rompe con los esquemas familiares, se lanza en aventuras, como cambiar de ciudad, de país, de actividad económica, lo arriesgan todo con ese paso, pero cuando logran su objetivo eso representa un beneficio no solamente personal, sino para todos los que continúan detrás, generaciones tras generaciones.

Ya abriendo la puerta sintió en todo su ser un aire de felicidad, que le conmovió de manera agradable, realmente fue una buena decisión trasladarse para la capital.

Felicia la verle llegar le dio un beso, al tiempo que le decía:

—Pensé que como otras veces, te pasarías varios días por el interior, saliste por la mañana, según me dijo Hortensia, y ya estas de regreso.

¿Se te presentó algún problema?

—No, todo ha ido bien, — respondió Alberto mientras le besaba en la mejilla— pero sí ha sucedido un acontecimiento importante, para nosotros.

No te puedes imaginar, en este viaje, a quien acabo de conocer, y con el que me he pasado varias horas hablando.

—No puedo tener ni la menor idea — respondió Felicia con tono suave y pausado, mientras miraba a los ojos de su hijo, como si en ellos encontrara una respuesta a la intriga provocada por su forma de hablarle.

—Siéntese que le voy a contar — dijo Alberto, sosteniéndole alegremente la mirada, a los ojos de su madre, como para ver el efecto que causaba en ella lo que le decía.

Felicia se acomodó en un sillón, se balanceó un par de veces de manera suave, como expresando aquella calma interior que le acompañaba hacía ya muchos años, y que de alguna manera sacaban a flote aquel estado alejado de toda pasión, que la había consumido día a día, hasta convertirla en alguien, sino insensible, sí despreocupada de que ya nada trascendental cambiaría su monótona forma de vivir, que le daban a su comportamiento formas de proceder que eran, a la vista de los demás, de alguien de edad mucho más avanzada de la que realmente tenía.

—Me tienes verdaderamente intrigada, dijo.

—Pues acabo de conocer a Aniceto Hernández, mi padre según me has dicho siempre y de lo que no tengo duda alguna, porque, tal y como me alertaste, el parecido que tengo con él es apreciable.

Felicia sintió un ligero temblor por todo su cuerpo, pero no lo dejó saber a su hijo, sólo soltó aquellas preguntas que llevaba años quemándole en lo más profundo de su ser:

¿Qué cuenta?

¿Qué ha sido de su vida?

¿Cómo se ve?

¿Te dijo por casualidad por qué no regresó?

Alberto también se sentó y respondió:

—Para todo eso tengo respuesta— y puso a su madre al tanto de todo lo sucedido, así como de sus impresiones sobre la dura vida de su padre; Felicia lo escuchó con una expresión de sonrisa en el rostro, sin interrumpirlo en momento alguno, sólo cuando concluyó su relato, aún en tono calmado le preguntó:

— ¿Y... realmente fueron tantas las heridas?

¿Su estado físico es tan deplorable como te dijo?

O tú crees que eso fue sólo un pretexto para no buscarme.

—Ha pasado mucho tiempo desde su regreso —dijo Alberto, mirando a su madre cariñosamente.

Ya por los años que tiene él se ve mal, tampoco lo vi en detalles, pero creo que realmente al momento de regresar, su aspecto no debe haber sido nada agradable, creo sinceramente que debe haber sido espantoso.

Felicia movió la cabeza acompañada con un gesto de dolor en el rostro mientras decía:

— ¡Qué tontería más grande, como si a mí me hubiera importado tanto!

Alberto se levantó de su asiento y fue hasta el ocupado por su medre, le pasó cariñosamente la mano por el cabello entrecano, le dio un beso en la frente y le respondió:

—Bueno vieja, ya esas son cosas pasadas que no tienen remedio, recuerde que, "hubiera sido es tiempo perdido" lo importante es que pude conocerlo, y que tú tienes al fin una respuesta a tus inquietudes, una explicación a todo lo sucedido, que bien sé, te has pasado la vida desesperada, esperando.

—Eso si es así — dijo Felicia y su vista se perdió en la distancia, como si mirara en sus recuerdos.

Una semana más tarde, el jueves por la tarde, Alberto le dijo a Hortensia:

—Necesito que me hagas un favor:

—Sabes que solamente tienes que pedirlo—respondió Hortensia con una bella sonrisa en los labios

— Quiero que me acompañes a las tiendas, para comprar un par de mudas de ropa para a mí padre, porque quiero ir a buscarlo, y él no anda bien de situación económica, por lo que sus ropas dejan mucho que desear, y no me gustaría que se presentara a la vieja en un estado calamitoso.

Seguramente como todos los pobres, tiene una muda para salir, como decimos comúnmente, pero no quiero correr ese riesgo, además será un gran placer poder ayudarlo, no me lo vas a creer, pero la impresión que me causó la historia que contó, y el estado en que vive, me han producido más que otra cosa una tremenda lastima

— ¿Te sabes las tallas? — preguntó Hortensia.

—En eso no hay dificultades, es idéntico a mí en el cuerpo, quizás un poco encorvado por los años, pero no creo que eso influya en las en ese asunto de las tallas.

Después de comprar el par de mudas de ropa, un par de zapatos y un sombrero, que había observado que Aniceto usaba, regresó a la casa con su esposa y le dijo:

—Prepara una buena comida para mañana, que voy a buscar a mi padre, que se pasará por acá el fin de semana.

Un sol de Agosto, pasado ligeramente del centro del cielo presidió la salida de Alberto la tarde del siguiente día, cuando partió rumbo al pueblecito donde vivía su padre, y una hora más tarde de transitar por aquella fresca carretera cubierta por las ramas de infinidad de árboles, que brindaban sombra, que con este fin fueron sembrados a su mismo borde, estaba estacionando su auto frente a la casa de su padre, saliendo de inmediato Josefa para saludarlo:

—El viejo está cerca, no debe demorar, pero pasa y siéntate que te voy a hacer un poco de café.

Al rato, montado en una vieja yegua alazana, llegó el viejo Aniceto que al ver a su hijo, se bajó, amarró la bestia y salió con los brazos abiertos para abrazarle mientras le decía:

—El otro día con la turbación de tantas noticias no te abrace, como debía, no creas que es fácil eso de que al cabo de tantos años se te aparezca, de la noche a la mañana, nada menos que un hijo del que no tenías idea que existiera, después de pasarte la vida añorando haber tenido uno.

Alberto sonriente le respondió:

—Debe ser algo parecido a encontrarse un padre después de viejo, aunque tengo sobre usted la ventaja, de que siempre supe de su existencia— y poniendo en manos de su padre el paquete con la ropa continuó:

Tenga ahí le traje esas cosas para que se presente ante mi madre, hijos y esposa, de manera presentable, sé que usted no ha tenido tiempo para ocuparse de algo así.

—Para que te molestaste — dijo Aniceto con cierta vergüenza reflejada en el rostro.

Durante el viaje de regreso Alberto se acordó de Abella, miró al viejo en la penumbra del interior del auto y le dijo:

Sabe con el que he mantenido magnificas relaciones, con Eloy Abella, según me contó ustedes se conocen desde niños, también ha vivido extrañado de que usted nunca hiciera contacto con él, incluso cuando habla de usted siempre lo hace en tiempo pasado, como si ya usted no se encontrara entre lo vivos.

—No creas que no pensé muchas veces comunicarme con él — respondió Aniceto con voz queda— lo que sucede es que decidí romper definitivamente, con todo lo que de alguna manera me ligara al pasado, sabía que comunicarme con él, era hacerlo con tu madre por las relaciones tan intimas que existían entre María Elena y ella.

Sabes una cosa, me propuse desde el primer momento, si iba a desaparecer que fuera completamente, tuve siempre terror a inspirar lastima en Felicia, quería conservarla en mis recuerdos y que ella me recordara a mí, como en aquel último invierno en que la vi.

Realmente me encantaría ver a Abella, saludarlo y pedirle disculpas por esta actitud tan isleña, que sé que comprenderá, por ser tan isleño como yo.

Esa noche, después de comer y departir en familia con sus nietos y la esposa de su hijo, Aniceto se detuvo quizás por primera ocasión a contemplar a su hijo.

—Verdad que el parecido nuestro es algo increíble, — dijo con voz suave, como si pensara en voz alta— te miro y me parece que me veo a mí mismo años atrás, en los últimos tiempos en que fui yo, quiero decir, antes de la agresión y el deterioro que por tal razón sufrí.

Por suerte todo indica que te va bien, que tu vida será normal, de lucha cotidiana como es en general, pero sin grandes interferencias ajenas a tu voluntad, hablo de esas que te desvían de tu cause definitivamente.

Digo definitivamente porque nunca uno vive como quiere, siempre influyen en nosotros el desarrollo, el avance, los retrocesos y los cambios constantes de toda la sociedad, y también los sucesos y las formas de ver el mundo de quienes nos acompañan en nuestro trayecto por la vida, nuestros familiares más cercanos, nuestros amigos y aquellas personas del sexo opuesto, que llenan de encanto nuestro corazón.

También influyen nuestras decisiones, la vida es en definitiva una toma constante de decisiones, muchas veces aciertas, otras tantas te equivocas, claro hay decisiones y decisiones, las unas son de esas sencillas que se toman a cada instante, las otras son aquellas de carácter trascendental que pueden cambiar el rumbo de tu vida, y a veces no eres consciente de ello.

En mi caso, aquella de ir a Islas Canarias en el "Esperanza" no hay duda que me revolcó definitivamente la vida.

—Bueno, no se machaque más con el pasado — dijo Alberto— le propongo que salgamos a dar un recorrido en el auto por la capital, seguramente hace años que usted no lo hace.

—Nunca lo hice — respondió Aniceto— por lo menos en veinte años no había venido por aquí, y con anterioridad siempre estuve de día, trajinando por las zonas de grandes almacenes para hacer mis compras y regresar, pero jamás de noche y menos a modo de paseo, era un lujo que no me podía dar.

Serían las diez de la noche cuando salieron para dar una vuelta por la zona más céntrica de la capital.

Como era fin de semana la actividad en las calles llenaban de vida la ciudad, la que adornada con sus luces, unas de iluminación pública, otras de la infinidad de letreros anunciando bares, restoranes, tiendas y comercios en general, un sinfín de ellas de anuncios que con luces fijas, o intermitentes daban rienda suelta a la iniciativa de sus creadores, con sus diseños llamativos y alegres, que invitaban al producto o lugar que patrocinaban, otras luces la conformaban los faros de una multitud de autos y vehículos de todo tipo, que circulaban por sus calles, que hacían arterias entre los grandes edificios, parques y plazas.

Después pasaron a lo largo del malecón, donde jóvenes, ancianos y niños disfrutaban a todo lo largo del litoral, con sus luces a la izquierda y el mar a la derecha, tranquilo y alumbrado en esta ocasión con los reflejos de una luna nueva.

Más tarde pasaron por el barrio chino, con su bullicioso ambiente, lleno de comercios, restoranes y un nutrido público que merodeaba por sus calles adornadas con alegorías a las fiestas típicas que se celebraban en esa temporada.

Pasaron por las calles: Monte, Galiano, Carlos Tercero, Infanta, Neptuno, San Rafael, y otras muchas calles hasta llegar a la Calle 23 del Vedado, que la recorrieron desde 26 hasta la Rampa, donde se bajaron a tomar unos helados.

Todo el recorrido por la ciudad impresionó de manera favorable al anciano quien comentó:

—Comparando esto con el lugar donde vivo, es que se da cuenta uno de que aquello es un pueblito de mala muerte, pero te debo asegurar que allá tengo muy buenos amigos, cosa que es sólo posible en un lugar como aquel, en estas grandes ciudades parece que cada cual está en lo suyo, y a veces te da la impresión que la gente no estará dispuesta a perder ni un segundo en saludar, lo que visto desde el punto de vista de un poblano como yo, es algo muy contradictorio, porque se supone que aquí hay más nivel educacional, más cultura, pero sin dudas no existe esa relación humana, que te permite confraternizar día a día con tus semejantes.

—Dicen que en ciudades más grandes e importantes el fenómeno es mayor, —respondió Alberto, sin perder de vista el tráfico y el control del auto— parece que la velocidad de la vida, enajena hasta cierto punto a sus habitantes, la civilización consume parte importante de tu tiempo, ahora mismo voy hablando con usted y no puedo abandonar mi atención de todo lo que sucede a mi entorno, porque de hacerlo nos exponemos a tener un accidente con el auto que voy conduciendo.

No sería lo mismo si fuéramos en un carretón tirado por mulos, claro, le debo confesar que como sucede a la mayoría de la humanidad, prefiero los inconvenientes y las dificultades a vencer de la civilización y los avances tecnológicos, a la tranquilidad del subdesarrollo de la finca en que viví casi toda mi vida.

Es algo que no tiene comparación.

Al día siguiente temprano, salieron para la casa de Felicia, que vivía en un lugar próximo a la de Alberto.

Felicia al abrir la puerta y ver allí frente a ella, a aquel hombre que había esperado durante toda la vida, se puso pálida, un ligero temblor comenzó a invadirla por todo el cuerpo, y un suave y frío sudor comenzó a cubrir su frente mientras en un susurro dijo:

—Pasen y siéntense.

Aniceto se detuvo frente a ella para mirarle a los ojos, en los que reconoció aquellos que antaño, lo hicieron sentir el hombre más feliz sobre la tierra.

A su mente pasó como una película a cámara rápida toda aquella vida de angustias, penas y tristezas, precisamente o sobre todo, porque las condiciones le habían obligado a mantenerse alejado de aquella mujer, que ahora, en el deterioro de los años, tenía frente a sí y que aún lo conmovía en lo más profundo de su corazón.

Alberto sintiendo quizás la tensión del momento dijo:

—Tengo que hacer una gestión por aquí cerca, me imagino que tienen mucho de que conversar, así que los dejo para que puedan hablar con calma y dentro de un par de horas regreso.

Unos minutos más tarde salía, dejando a la pareja de ancianos sentados uno frente al otro.

Fue Felicia la que rompió el molesto silencio.

—Me parece mentira que estás ahí, sentado tranquilamente frente a mí, sin nada que lo impida, porque desde que te conocí todo ha conspirado para que tan siquiera nos pudiéramos ver.

Total ya ves, mi padre hace años que no se encuentra entre los vivos, después, con el tiempo, nunca me dijo absolutamente nada, pero sé perfectamente que sufrió, sobre todo por ver a su nieto sin padre, por su actitud obstinada en cuanto a nuestras relaciones.

Pero... y que Dios lo tenga en la gloria, daño, me hizo muchísimo, con su actitud de hecho reviroteó mi vida de tal forma, que nunca más se enderezó.

—Y de paso, la mía — dijo Aniceto en un suspiro — pero desgraciadamente todo eso es ya pasado, ha sido mucha el agua que ha caído, como dice el dicho lamentarse de lo que pudo haber sido, siempre es tiempo perdido, porque en la vida las cosas tienen su momento, su ahora y su aquí, que es lo mismo que decir su tiempo y su espacio y cuando te sales del uno, o del otro, no haya ya nada que hacer con respecto a un problema.

De todas formas quiero darme el lujo de decirte que me he pasado la vida entera arrastrando tu imagen en mis pensamientos como algo divino, celestial, único.

Felicia interrumpiéndolo y con voz suave y pausada dijo:

—Pero en los últimos años tuviste oportunidad de buscarme y en ningún momento lo hiciste.

—Es cierto — respondió Aniceto — y te debo decir que fue algo totalmente consciente, cuando me vi de cuerpo completo en un espejo, decidí que así sería, no podía presentarme ante ti, de quien pensaba habías reconstruido tu vida, siendo como era y soy aún, un rastrojo de ser humano.

Quizás fue un error, pero ya sin remedio.

—Eso es lo peor — comenzó a decir Felicia con los ojos aguados por las lágrimas.

—No, no llores, — dijo Aniceto pasándole la mano por los ojos para secarlos— está bueno ya de llantos y sufrimientos, nosotros estamos en la recta final de la existencia, después de hoy, el acontecimiento más importante que nos queda por realizar en este mundo, es morir y por lo menos eso quiero que sea con tranquilidad, quizás sea una barbaridad lo que te voy a decir, pero es algo que me gustaría hacer a mi manera, tal vez como un desquite, si no pude vivir como quise, por lo menos morir como me venga en gana.

Pero te juro que vine aquí a cualquier cosa menos a hablar de muerte, así que podemos cambiar el tema, es imposible que podamos hablar ahora en un rato, todo lo que debimos cada día durante toda una vida.

Ya de mí se ha hablado bastante, me gustaría saber de cómo te fue, conocer tus momentos importantes, los buenos y los malos, los tristes y los alegres.

Felicia se meció ligeramente en el sillón donde estaba sentada, miró a los ojos de Aniceto y dijo:

—No tengo mucho que contar, mi vida no fue azarosa y llena de peligros y situaciones especiales como la tuya.

Cuando me percaté que había pasado tiempo más que suficiente para que regresaras y no lo hacías, me sentí peor que cuando muere un familiar bien cercano y querido, porque cuando pierdes a alguien sabiendo que te lo ha arrebatado la muerte, con el paso del tiempo, te vas sintiendo mejor, tus recuerdos del desaparecido se centran en lo mejor que te sucedió con él, van quedando en tus recuerdos las cosas buenas, positivas, puede suceder también como me pasó en cierto sentido con mi padre, quien, por bruto o por lo que fuera, como sabes me hizo sufrir a mí y a mi madre, lo indecible.

En esos casos como sucedió con nosotras y que Dios me perdone, su muerte fue como la liberación de una dura y pesada carga.

Pero tu desaparición no es comparable ni con la muerte, nunca he pensado en ti como muerto y eso lacera de manera espantosa tu espíritu, siempre supe que regresarías, se puede decir que no he vivido, que me la he pasado esperando, esperando por esto, o por aquello, y sobre todo y la mayor parte del tiempo, esperando por ti.

Es muy triste decirlo, pero es así

De joven tuve pretendientes, entre ellos se destaca un ganadero de la zona donde teníamos la finca, se llamaba, Pedro González, y te digo se llamaba porque según tengo entendido hace unos años que murió, ese hombre se enamoró de mí, y te puedo decir que no me desagradaba totalmente, claro, nada de amor, pero era un hombre simpático, atractivo y vestía muy bien porque era de buena posición.

Me rondó durante años, me ofreció villas y castillos, pero yo no estaba en condiciones de amar a nadie, parece que pertenezco a ese tipo de animales, que nacen para una sola pareja, porque más tarde hasta yo misma me metí hombres por los ojos, como una manera de rehacer la vida, pero nada, nunca pude.

Mira que les busque cualidades y virtudes, algunos verdaderamente las tenían, pero parece que ese era mi signo en este mundo, vivir sola.

Creo que más tarde ya no me interesó tener pareja, me acostumbre a estar sola, bueno totalmente sola nunca estuve, porque siempre viví con mi madre y con mi hijo, quien se fue adueñando de todo mi tiempo y mi amor.

Se dice que equivocarse es el resultado de actuar, y que demuestra que se actuó con iniciativa, pero en mi caso, quizás, mi error más importante ha sido la pasividad, la falta de accionar, sentarme a esperar sin tomar iniciativa alguna, manteniéndome de por vida en un terrible vacío, que sólo compensó en algo la presencia de nuestro hijo, y el recuerdo de los días vividos junto a ti, los que actuaron en mi existencia como un resorte misterioso, capaz de mantener en mis recuerdos un llama encendida, que nunca he dejado apagar, pensando que si se apagaba nunca más se volvería a encender, eso, el amor por ti, esa partícula de ensueño, que llegó en algunos momentos a ser insignificante, me ha permitido de cierta manera no convertirme totalmente en una inerte y fría bazofia humana.

Aniceto conmovido por lo escuchado se levantó de su asiento, caminó lentamente hasta el ocupado por Felicia, y la besó en aquellos labios que tanto soñó toda una vida tocar con los suyos y después mirándola enternecido a los ojos dijo:

—Dicen que las grandes decisiones y lucubraciones del hombre se hacen a orillas de la muerte, porque su presencia nos invita a reflexionar, también se dice que generalmente, durante casi toda la vida para la mayoría de las personas, el concepto muerte se encuentra alejada, ausente de valoraciones y planes, como si no fuera real o ajena, se trata quizás de algún mecanismo psicológico, o de instinto natural, que permite al hombre, vivir, luchar, mirar hacia adelante en la búsqueda de nuevos caminos para emprender en la lucha por una existencia mejor, sin preocuparse del inexorable final.

Esa es la generalidad, pero existen personas como yo, que desde muy temprano ven la muerte emerger frente a sí, cara a cara, con su imagen que es como una amenaza que va más allá de la interrupción de las funciones vitales definitivamente, sino saber que para ti todo se acaba, que es la paralización definitiva de una vida, que en mi caso, recién comenzaba y estaba lleno de planes.

Quería regresar, verte, tener un hijo, ese que ya tenía pero desconocía de su existencia.

Me negaba a ceder, la muerte significaba el final definitivo de todos los sueños y planes que me había trazado conmigo mismo, era perder la posibilidad de volverte a ver, de amarte.

Fue entonces cuando abrí los ojos y salí por primera ocasión de la inconsciencia en que me encontraba, después del ataque del submarino.

Desde entonces sé, que estoy vivo por obra y gracia del amor, del amor que siempre he sentido por ti.

Más tarde comprendí en toda su extensión cuanto había cambiado, una vez realizado aquel balance de mi corta vida, fue como si envejeciera de pronto, sentí que algo dentro de mí se había suavizado definitivamente, se había esfumado la dureza interna, propia de la juventud, desde entonces me torné más tolerante, más comprensivo, más dispuesto a vivir y dejar vivir a los demás, me puse viejo por dentro, que es la peor manera de envejecer.

—Ahora que piensas hacer con lo que queda de nuestras vidas — dijo Felicia como volviendo a la realidad— según tengo entendido estas comprometido con una buena mujer.

—No sé — dijo Aniceto besando de nuevo cariñosamente a la anciana — algo se me ocurrirá.

Ahora ya nuestro hijo debe estar al regresar, pero volveré mañana y podremos ponernos de acuerdo.

A la mañana siguiente, Alberto llevó a su padre a ver al doctor Abella a quien antes había avisado por teléfono.

Al llegar a la casa de Abella, después de saludar a este, Alberto dijo:

—Ahí le dejo a mi padre, voy a hacer unas gestiones y paso a recogerlo por aquí más tarde.

—Ven por la tarde, que invitaré a almorzar a mi viejo amigo — respondió Abella y después se viró a saludar a Aniceto, su antiguo compañero de correrías, le estrechó con un fuerte abrazo y continuó — Pensé que la muerte te había llevado con ella.

—Me picó cerca, — respondió Aniceto con rostro sonriente me agarró por las patas, y tiraba de mi tratando de arrastrarme, pero ya ves "bicho malo nunca muere", no sabes cuánto me ha alegrado que te mantuvieras en contacto con mi hijo, he pensado mucho en estos días que si te hubiera localizado durante estos años, me habrías hablado de su existencia y todo ahora fuera distinto.

—Agua pasada no mueve molino —dijo Abella, dándole unas suaves palmadas en la espalda— lo importante ahora es que ya sabes de su existencia y podrás disfrutar de su presencia todo lo que te plazca; pero cuéntame que ha sido de tu vida.

Aniceto de forma breve le contó todo lo que había sucedido en los años transcurridos.

Al concluir su relato Abella levantó la vista mirando al infinito y tono apesadumbrado, dijo:

—No sé cuando la humanidad comprenderá la cosa tan terrible que son las guerras, mira lo que ha pasado contigo, los que agredieron aquel día tu embarcación, no pudieron imaginar, ni nunca sabrán, los daños ocasionados a toda aquella tripulación, incluyéndote a ti, el único sobreviviente, a quien de alguna forma también mataron, quizás de la manera más lenta, terrible y espantosa, que puede padecer un ser humano.

—Así es – dijo Aniceto— se puede decir que desde entonces, he sido un guiñapo humano.

—Bueno, dejen las cosas tristes — dijo sonriente María Elena que hacía entrada con unas humeantes tazas de café en una mano, mientras se secaba las lágrimas con la otra— aquí les traigo café para que recuerden los viejos tiempos, cuando se sentaban allá en la terraza de la antigua casona, a rememorar tiempos pasado, y hacer planes futuros.

Aniceto se puso de pie, colocó la taza con café sobre la mesa, y tendió su mano cariñosamente para saludar a María Elena.

Ella apretó la mano del amigo de su esposo efusivamente, y después se retiró a sus quehaceres.

—Bueno, cuéntame de tu estancia en la isla del Pacífico, detalles me refiero, porque en grandes paso me has relatado los acontecimientos importantes:

¿Qué hacías durante el día?

¿A qué dedicabas tu tiempo, cuando la monja salía a cumplir su tarea?

¿Algún amigo?

¿Alguna actividad?

Aniceto mirando para el techo, como buscando en sus recuerdos dijo:

Hacer, hice de todo, trabajé cuando pude, tanto en labores de las pequeñas fabricas de vainilla, como de copra, muchas veces salí de pesca, con un nativo al que todos llamaban con el nombre de Jumbo, quizás por tratarse de alguien de una estatura y corpulencia fuera de los corriente, pero con el cual desde un primer momento, establecí una relación que se pudiera decir era fuera de lo corriente, en los primeros tiempos ni siquiera nos comunicábamos, él, como te debes imaginar no hablaba español y yo, en aquellos tiempos, ni pensar en la posibilidad de entender su idioma.

Con el tiempo me aprendí muchas palabras del idioma que utilizaban en la isla y por su parte Jumbo se fue aprendiendo palabras en español, nos reíamos uno del otro por la pronunciación mía de su idioma y yo de su manera de hablar el español, pero con la ayuda de la mímica, nos entendíamos a la perfección.

Aún con estos inconvenientes trabajé en actividades relacionadas con la copra, es un trabajo duro y se trabaja muchas horas en una jornada laboral, claro después de comenzar la guerra el trabajo decayó mucho, y ya no me fue posible laborar, y cuando lo hacía era de forma esporádica y pocas horas.

La copra, como debes saber, es uno de los productos principales del comercio en muchas de estas islas, y en otras partes del mundo, donde crecen grandes plantaciones de cocoteros.

Según supe más tarde por Sor Carmen, la copra de buena calidad contiene entre un 60 y un 65% de aceite, el aceite se refina en el país productor, o en el importador, supone cerca del 20% de todos los aceites vegetales usados en el mundo.

Es ingrediente común de margarinas, grasas vegetales para freír, aderezos para ensaladas, y productos de pastelería, también interviene en la fabricación de jabones, detergentes, y champú, pues contiene concentraciones elevadas de un ácido, que ahora no recuerdo el nombre, que mejora la formación de espuma.

Tiene además otros múltiples usos.

La producción de copra empieza casi siempre por la eliminación de la cáscara dura exterior del coco, lo que hacen clavando el coco en un pico afilado y sacando las partes de la cascara con una maestría que me dejó sorprendido; de ésta forma se saca o se le extrae la fibra. A continuación se parte el coco en dos, manualmente, para que la copra se desprenda con mayor facilidad de la cáscara, las mitades se dejan secar parcialmente, para ello se exponen al sol, o se tratan en hornos alimentados en parte con cáscaras y fibras de coco.

Para extraer el aceite, la copra se tritura entre rodillos, en aquel entonces movidos manualmente.

Este proceso al igual que el que se realiza para secar las vainas de la vainilla, me resultaron sumamente interesantes, en el caso de esta última, la vainilla natural se extrae del fruto de la vainilla, que tiene forma de vaina, éstas se secan al sol en unos entablados con forma de canoa, en un proceso también totalmente artesanal.

Las vainas secas se venden también para utilizarlas en dulces y refrescos, como se conoce son muy utilizadas en la cocina pastelera.

Todo me venía bien para pasar el tiempo.

En algún momento Sor Carmen me informó que la primera persona que divisó mi cuerpo flotando en el agua fue Jumbo, que salió de inmediato nadando una larga distancia, para sacarme de las profundidades del mar, parece que esto de verme de aquella manera tan espantosa como me recogió lo conmovió, porque después se mantuvo todo el tiempo pendiente de mi recuperación, llevó en muchas ocasiones a un famoso curandero de la isla, que tenía con Jumbo cierto parentesco, y que la mayoría de los remedios indígenas que tomé y se me aplicaron en el cuerpo, eran localizados y llevados por él, a la choza donde permanecí inconsciente por tanto tiempo, donde posteriormente estuve gran cantidad de tiempo cuidando de mi salud, en el proceso de recuperación o más bien de rehabilitación, igualmente abasteció a sor Carmen de alimentos a base de harina de copra, y algunos líquidos de plantas que me alimentaban lo necesario con pequeñas porciones, en algún momento en que recuperé el sentido le vi ahí, frente a mi cama, de pié, con los brazos cruzados, con aquella sonrisa, que tal parecía un genio escapado de una lámpara mágica, debo aclararte, para que comprendas mejor esta expresión, que Jumbo se encontraba tatuado totalmente de la cabeza a los pies, predominando un color azulado.

Después supe que la práctica de tatuarse es común en la polinesia, pero por alguna razón que desconozco en las islas Marquesas la costumbre llegó a niveles más altos de sofisticación

El me enseño a utilizar las artes de pesca de los nativos y juntos en múltiples ocasiones pescamos grandes cantidades de peces, entre ellos tiburones, que son abundantes en las aguas profundas de aquella zona, muchas veces Jumbo vendía esos pescados, y con parte del dinero adquiría otros alimentos necesarios para ser utilizados por sor Carmen en la confección de comidas para la gente de menos posibilidades economicas.

Cazábamos alguna que otra vez, pero allá la fauna terrestre es endémica, se limita a aves, arañas, mariposas y una especie de murciélago que se come por la mayoría de los habitantes del lugar

Además de Jumbo, conocí muchas personas, a unos más que a otros, ten presente que viví años en el lugar y que hasta cierto punto, por la forma en que llegué al lugar, todos me conocían, por lo que era bien recibido en cada lugar al que llegaba, es probable también que esto sucediera por mis vínculos con Sor Carmen, que tanto bien hacía por aquella comunidad.

No sé si esto complace en algo tu curiosidad.

Abella se puso de pié, se dirigió a un armario, del cual sacó un tabaco, regresó y se sentó nuevamente junto a Aniceto, miró de manera escrutadora el habano, y después de manosearlo con toda su calma mientras lo miraba, lo encendió, y le dio una amplia bocanada, llenando de humo su entorno, más tarde, con la misma parsimonia, miró a su coterráneo y preguntó, como quien no quiere las cosas:

—Y... ¿Con la monja no hubo romance?

—Dejarías de ser tú, si no hicieras esa u otra pregunta parecida — dijo Aniceto sonriendo — tú siempre tan incisivo en las valoraciones sobre las cosas que se te cuentan.

—Es que te conozco — dijo Abella, mirando a su amigo con picardía — y por lo que se deja ver de tu relato, era una bella mujer a pesar de ser algo mayor que tú, y sola como se encontraba en la isla, y de pronto aparecérsele allí un hombre joven, que hablaba su idioma y hacerla compañía por tan larga jornada de tiempo, sin que se despertara en ellos otra emoción que no fuera de amistad.

No amigo, no, algo debió pasar entre ustedes y debe haber sido algo interesante, muy interesante.

¿Me vas a contar?

Aniceto se pasó la mano por la cabeza, se inclino como para acercarse a su amigo y en voz baja, le dijo:

He comprobado que la vida es un eterno acontecer de sucesos, los años pasan, a veces deambulamos por ellos sin rumbo fijo, sin proponérnoslo muchas veces, como algo natural e imprescindible, transitamos por etapas, momentos, acontecimientos, hechos, que van dejando en nosotros su huella.

Cada acontecimiento, cada persona que se mezcla de una forma u otra, en nuestra existencia, cada momento de esos importantes que vivimos, tiene una significación, digamos que especial, algo que lo caracteriza y lo diferencia, de otros similares que hemos vivido con anterioridad, así vamos atravesando por fases que tienen cierta similitud en aspectos vitales, no sé si me explico, se pueden clasificar como fases porque tienen mucho en común, los escenarios son los mismos, las personas participantes son más o menos las mismas, en fin son como un cuadro de una obra de teatro, que tiene sus propias posibilidades, una forma peculiar, única, irrepetible, donde quizás lo común es nuestra participación en ellos, lo que le da cierto sello de nuestra personalidad.

Uno se pasa la vida encontrando cosas, acontecimientos, hechos, comportamientos humanos, cada día nos tropezamos con algo nuevo, y así vamos descubriendo el mundo que se presenta ante nuestros ojos, con acontecimientos que a veces no comprendemos, porque estamos desvalidos de información, o en otras ocasiones disponiendo de ella, pero sin tener posibilidades intelectuales para interpretarlas y comprenderlas en toda su magnitud.

Es una mecánica, que cuando la llegamos a comprender, nos obliga a profundizar, a conocer y dominar, miles de aspectos y detalles que ya antes fueron encontrados por otros, que en algunos casos nos lo pusieron a nuestra disposición en obras escritas, cantadas, o más recientemente en imágenes, trasladándonos de esa forma, la cosas más importantes que vamos acumulando durante toda nuestra existencia.

La experiencia.

Con todo esto te quiero decir, que quizás con la experiencia actual, y las concepciones que tengo de la vida hoy, entre Sor Carmen y yo no hubiera pasado nada, pero hay determinada edad, en que todo puede ocurrir, porque no pensamos todo lo que debemos, cada acto, cada acción que realizamos, como hacemos después cuando alcanzamos la plena madurez.

Como bien dices, la soledad de la monja, y la mía, la posibilidad diaria de hacer valoraciones, de explorar en las interioridades del uno por el otro, la comunicación que se estableció entre nosotros desde el primer momento, la madurez que alcanzaron nuestras relaciones humanas, la paz y tranquilidad que me trasladaba su presencia, la suavidad y sosiego de su comportamiento, para cada cosa que hacía, fueron llenando de una forma especial mi existencia, aún antes de que sucediera nada, como sucedió después, desde el punto de vista emocional o pasional.

Ella había abrazado los hábitos por una decepción amorosa, siendo casi una niña, desde entonces sólo conocía el sentimiento amoroso desde el ángulo espiritual, porque el romance que provocó sus aflicciones fue platónico y enrevesado, produciendo en ella una experiencia dolorosa, lastimosa, sangrante, porque se trataba del que más tarde fue el esposo de su hermana, un hombre que apareció en su casa un día, acompañado de un amigo de la familia, y la prendó desde el primer momento, con un sentimiento que le quemaba el espíritu, sacándola de sus cabales y manteniéndola en un sueño de amor incontrolable, pero él no tenía ojos para nadie que no fuera su hermana, con la que en breve decidió casarse, y ella no pudo soportar la pena de ver al hombre que consideraba para ella, unido en matrimonio con alguien tan cercano, querido y admirado como su propia hermana.

Según contaba padeció y sufrió calladamente, porque nadie nunca supo de sus amores no correspondidos, ni aún el hombre que provocaba sus agonías, hasta que un buen día, decidió poner tierra de por medio y dedicar su vida, como lo había hecho hasta que la conocí, a causas nobles, justas y de solidaridad humanas, logrando con los años aquella paz interior, que se había convertido en ella como un sello característico de su personalidad.

Pero no siempre en la vida podemos controlar todos los elementos que se mueven en nuestro entorno y un día aparecí en las arenas de su isla, provocando en ella, según me confesó más tarde, como una articulación interna con sus amores pasados, dando lugar a algo que consideró como una continuidad celestial de los amores vividos en su plena juventud, sentimiento que se le presentaba ahora de manera lúcida y coherente, haciéndole comprender en toda su claridad, que la gran maestra que era la vida, llena de sabiduría, le enseñaba una vez más, que las cosas de este mundo, se mueven a un ritmo de acontecimientos que nos abren caminos frente a nosotros, hasta ayer impensados, que a veces nos obligan a darnos cuenta que a pesar de todo estamos vivos.

Primero fue una relación platónica, nos sentíamos bien el uno con el otro, ella había dedicado parte importante de su tiempo en cuidarme y atenderme, y quizás se habituó a mi presencia, porque ya recuperado, continuaba dedicándome muy buena parte de su atención y cuidados, nos pasábamos horas conversando, comentando libros que habíamos leído, haciendo valoraciones, contándonos de nuestras vidas, analizando cuanto habíamos sacado de provecho, cuanto habíamos sufrido, amado, y como habíamos sorteado las dificultades y los errores, que como seres racionales cometimos en el aprendizaje de cada día, de cómo abordar y hacer llevadera nuestra existencia.

Te debo confesar, que por mi parte no fue un acto totalmente consciente, en los primeros tiempos no podía valerme, más tarde me acomodé a sus atenciones, y me sentía bien ayudándola y acompañándola, prácticamente las veinticuatro horas del día, porque o ella me acompañaba en mi soledad, o yo en su labor durante el día y ya tarde nos retirábamos a la choza, donde desde el primer día dormíamos cada uno en una habitación distinta, cada una de ellas era una pequeña habitación, en la cual existía sólo un armario y una cama, pero había otras habitaciones que disfrutábamos en común como el baño, cocina y sala de estar, en las cuales convivíamos diariamente una buena parte del tiempo.

Todo esto, más la estrecha afinidad que establecimos desde el primer día, nos acercó y llegó un momento que éramos, sin proponérnoslo, un matrimonio sin relaciones amorosas, ni sexuales.

Así nos pasamos por un espacio de tiempo que excedió al año y medio, hasta que una tarde, salimos a un área de terreno en la parte trasera de la choza, donde existe una pequeña plantación del fruto del pan, con el propósito de tumbar algunas, ya que es un fruto muy utilizado en la zona, se puede decir que forma parte de la dieta básica de la región, de donde es originaria esta planta, no sé si la conoces.

Tiene el tamaño mediano y pesa algo más de 4 libras, su pulpa feculenta se muele para obtener harina, con la que se elaboran panes, pasteles, dulces y otras comidas.

Bueno, ese día me encapriché en agarrar un fruto verdaderamente hermoso, que se encontraba en lo alto del árbol, y sin esperar porque ella buscara una vara, me encaramé por el tronco hasta sostenerme en una rama, pero mis brazos, aun débiles, no me sostuvieron y caí al piso, con suerte de que al llegar al suelo lo hice parado, pero sin equilibrio como para mantenerme en pie, y hubiera ido a tierra si ella no me sostiene como lo hizo, lo que ocasionó que de pronto me encontrara prácticamente abrazado a aquel cuerpo, que sentí dentro de sus hábitos duro y bien formado.

Fue un instante, uno de esos momentos de la vida que pueden cambiar el rumbo de tu existencia, porque sin dudas te pones en dos caminos, según tu actuación y en este caso la de otra persona.

Allí estaban sus ojos azules, que se me antojaron más relucientes y bellos que nunca antes, quizás porque nunca había sentido la curiosidad de mirarlos en toda su profundidad, como lo hacía en ese momento, lo cierto es que me perdí en la inmensidad de aquella mirada, como si fuera océano abierto y la besé en los libios, que sentí duros, abrazadores y jugosos como una fruta tropical.

Ella me miró fijamente por unos segundos, y después salió a todo correr para la choza, en un vano intento por huir de la realidad de haber sido tratada, después de tantos años, como a una mujer.

Yo no sabía dónde meterme, de la pena tan grande que me embargaba, me quedé por fuera, en los amplios parajes de los alrededores de la choza, me acerque a un área totalmente cubierta de una planta conocida como oreja de elefante, nombre que se aplica a ocho especies de herbáceas gigantes, que tienen hojas que alcanzan hasta un metro de longitud y forman voluminosos tubérculos con sus raíces que son comestibles y según escuché en alguna ocasión, tienen en sus enormes hojas una sustancia química, que causa ardor e inflamación en la boca y la garganta.

Allí había algunas de sus especies utilizadas como ornamentales, me detuve durante un largo tiempo a contemplar una de ellas, con hojas en forma de escudo, en la que es característico, las márgenes y nervios diseminados en su interior de color púrpura, que son extraordinariamente bellas.

Al oscurecer me tiré en el suelo dispuesto a dormir allí, para al día siguiente, ver dónde meterme y que hacer en el futuro.

Me sentía como el perro que tumbó la lata, lleno de sentimientos encontrados, porque en aquel momento pensaba que había sido una torpeza proceder de esa manera, con alguien a quien tanto tenía que agradecer, pero por otra, el contacto con aquellos labios y sentir el cuerpo de Sor Carmen estrechamente pegado al mío, habían despertado en mí, sentimientos carnales que, quizás por mi estado de salud, habían estado por un tiempo dormidos y no había sentido en toda mi estancia en aquel lugar.

Sabía que de ahí en adelante, no podría ver más a Carmen como monja, sino como mujer, y eso me obligaba, si no quería molestarla, a poner distancia con ella, para no volver a caer en el mismo error.

Pasadas un par de horas, en la semiinconsciencia producida en mí por el sueño y el agotamiento de la ejercitación física, y la turbación psíquica por el error cometido, no la sentí llegar, hasta que de cuclillas, e inclinada sobre mí para poder alcanzarme, me pasó la mano de forma cariñosa por el rostro, quizás con la intención de despertarme.

Abrí los ojos y nuevamente vi los suyos, esta vez llenos de amor, mientras sus labios se movían voluptuosamente para decirme:

—No lo hagas más, por favor.

—Discúlpeme— le respondí — fue un acto, hasta cierto punto inconsciente, involuntario, algo pasó que no pude contenerme, si le digo que fue impensado, no me lo creería seguramente, pero es así, se puede decir que fue un acto instintivo.

—Quizás eso sea peor — dijo ella sentándose en el suelo a mi lado, que ya me había incorporado, hasta quedar sentado en uno de los bordes de la acera que circundaba el lugar.

—Peor... ¿Por qué? — pregunté con cierta ingenuidad.

— Porque un acto instintivo está íntimamente ligado a la esencia misma del ser viviente, es una complejidad, que le permite a la mayoría de los animales responder de forma adecuada, a una gran variedad de situaciones que pone ante ellos la naturaleza.

Se pudiera decir que estos comportamientos, son como modelos de respuesta de ellos ante un estimulo determinado, y con frecuencia son patrones que están estrechamente vinculados con la alimentación, el apareamiento, o de preservación de la vida, en forma de respuestas a agresiones de otras especies depredadoras.

Las conductas instintivas suelen ser muy complejas, aún en animales tan simples como por ejemplo las abejas, que pueden alejarse de su colmena hasta más de un kilómetro en busca del néctar de las flores y regresar a ella sin dificultad, se dice que el sol puede ser utilizado por ellas como referencia para corregir su recorrido de retorno, pero es conocido que la abeja puede orientarse, con precisión y facilidad, aún cuando este se encuentre oculto por una nube, es decir que cuando encuentra su fuente de alimentación, posee la capacidad de calcular su camino de regreso a la colmena, de manera que se puede calificar de instintiva, y así sucede con la totalidad de los animales, que pueden tener actitudes que pudieran parecer racionales, y son el producto única y exclusivamente de su instinto.

Existen teorías, entre ellos la del eminente científico Freud, que dicen que existen los instintos de vida y de muerte, y que el comportamiento sexual es esencialmente instintivo.

—Según ese razonamiento — le respondí — debo alejarme de usted lo antes posible, porque quizás no pueda reprimir mis instintos, y cometa nuevamente el mismo error, del cual me siento tan apenado.

Sor Carmen me miró de forma maternal, como solía hacer en determinados momentos cuando curaba mis heridas y me respondió:

—De momento, creo que debemos ir a comer, porque dejé la cena servida y se va a enfriar— y terminando de decir esto se levantó y salió caminando lentamente rumbo a la choza.

Esa noche, al concluir la comida, como hacíamos con frecuencia, nos sentamos en unos sillones a contemplar el paisaje, y la vista formidable del reflejo de una luna nueva en las aguas tranquilas de la bahía, era una noche esplendida, agradable, una suave brisa corría arrastrando hasta nosotros los cánticos de los nativos, y el roce de unas hojas con otras de los cocoteros, magistralmente mezclado con el del batir de las olas en la costa, matizados por un formidable perfume que era empujado hasta nosotros por el aire, desde la floresta cargada de flores en esa época.

—Mañana al amanecer me retiraré — le dije suavemente, tras un prolongado silencio.

Ella sin dejar de mirar el paisaje, respondió en un susurro:

— ¿Donde piensas que te podrás meter en una isla tan pequeña, que no te tropieces conmigo cada día?

Esa no es una solución, somos seres racionales, y se trata de eso de razonar, de valorar, de analizar y llegar a conclusiones, para proceder de ahí en adelante en consonancia con ello.

Como sabes me he pasado la vida consagrada a lo que he considerado mi deber, cosa que hice a despecho de un amor imposible, que ahora se repite, porque siento por ti un profundo sentimiento comparado solamente con aquel, que provocó tantos trastornos en mi existencia.

Es algo que no pensé nunca decir, porque quizás me acostumbré desde la primera ocasión a amar en silencio, a escondidas, así he procedido contigo, a sabiendas de que un día partirás y desconociendo con toda intención lo que pudiera representar para ti, pero ahora no tiene sentido continuar engañándome, y por ello condenarte a mantenerte a distancia, cuando lo que más deseo en este mundo es tenerte cerca todo el tiempo, como ha sido hasta ahora, sé cómo te acabo de decir que un día partirás, además de que eres mucho más joven que yo, aunque el amor no tiene fronteras, ni edad, ni hay quien lo detenga, a veces ni uno mismo, aunque haga el máximo esfuerzo, es capaz de controlarle.

Te repito una vez más; sé que al final té iras, pero el tiempo que permanezcas aquí, quiero tenerte a mi lado.

—Entonces... ¿Que vamos a hacer? — pregunté emocionado de antemano con la respuesta que pudiera recibir.

—Seguir nuestro destino — dijo ella en un tono que me sonó a resignación, y se levantó de su asiento y me besó en los labios ardientemente, depositando en mí una ternura que recibí como algo premeditado.

—Ahí tienes tu beso, te lo devuelvo con todo el amor del mundo — me dejó sentado allí totalmente perplejo, y se encaminó a paso lento hacía la choza.

Dejé por unos instantes que la brisa me refrescara el rostro, que sentía como una braza de candela y la seguí hasta la choza, iba muy próximo, y al entrar en la sala de estar me quedé paralizado, ante lo que mis ojos veían:

Ella comenzaba a desnudarse, lo hacía como si fuera algo habitual, se desabotonó sus hábitos y los dejó caer al suelo, debajo no llevaba nada puesto, por lo que pude apreciar su delicada piel, que contrastaba en su blancura con el entablado oscuro de las paredes, era una mujer verdaderamente hermosa, sus carnes se apreciaban duras, suaves, vírgenes.

Así desnuda entró en mi habitación, seguida por mí que iba soltando ropas a una velocidad como si fuera un tornado, que avanza sin control de ningún tipo.

Sabiéndola primeriza en la experiencia sexual, a pesar de mi desespero por poseerla, traté de ser todo lo delicado que se merecía, alguien que se me entregaba de esa manera tan amorosa y espontánea, por lo que dulcemente la acaricié con la yema de los dedos, por la cara primero, recorriendo con calma su hermoso contorno, por toda su humanidad más tarde, en un largo recorrido porque fui besando después de acariciarlo con mis dedos, cada rincón, cada protuberancia de su cuerpo hasta sentirla vibrar en un estado de alteración y un delirio tal, que me solicitaba en un hilillo de voz, que la penetrara, que me metiera dentro de ella, que rompiera sus entrañas y descubriera sus vapores y calenturas hasta desmayar aquella pasión, que le ardía en su cuerpo y le endulzaba el alma.

Fue una noche especial, el disfrute de aquel cuerpo maduro y tierno, hecho y virgen, el sentir su capacidad de deleitarse con mi deleite, de entrega total al sentimiento de amar, y la delicadeza que ponía en cada acción, en cada movimiento, lo que unido al acople instintivo que tuvimos desde el primer momento, fueron cosas notables, que aún hoy, que han pasado los años, recuerdo con alegría y emoción.

A partir de aquel día cada noche fue una fiesta de amor, porque si la primera fue buena, las que le siguieron fueron como una especie de consolidación de ternuras, amores y pasiones.

Ella entregaba caricias y sentimientos de amor, como si los tuviera guardados celosamente de toda una vida, para momentos como aquellos que vivimos a partir de ese memorable día.

Abella que había escuchado la historia sin interrumpir dijo:

—Una bella aventura, en medio de tanta desgracia. ¿No crees?

—Así es la vida — dijo Aniceto levantando la vista como si quisiera encontrar las palabras adecuadas— llena de matices, colores y sorpresas, agradables y desagradables, de momentos que te llegan cuando menos los esperas, para de alguna manera cambiar el rumbo de tu existencia, o hacerlos más difíciles o agradables.

En este caso fue una bendición, él haberme encontrado con Sor Carmen en momentos tan difíciles de mi vida, por eso siempre he guardado, en un rincón del alma, un fuerte sentimiento de respeto, admiración y gratitud hacía ella.

Por la tarde Alberto fue en busca de su padre fueron al centro de la Habana, y al pasar por el capitolio le dijo a su padre:

— ¿Qué te parece si nos hacemos la foto del guajiro?

— ¿Qué foto es esa? —preguntó Aniceto mirando intrigado a su hijo.

—Bueno, —respondió Alberto— se dice que la gente de campo cuando viene a la capital lo primero que hace es tirarse una foto frente al capitolio y en este caso como los dos somos campesinos, no debemos perder la oportunidad que pasamos frente a él.

Cómo puedes ver existen en el lugar varios fotógrafos ambulantes que en un momento te tiran la foto, la revelan, y te la entregan.

Después de tomada la foto que quedaría como constancia gráfica del encuentro, Alberto regresó a su casa para pasar la noche, donde el viejo era una novedad para los nietos que se comportaron con su abuelo como si se tratara de un juguete nuevo.

A la mañana siguiente se repitió la visita a la casa de Felicia, donde Alberto como en el día anterior, los dejó solos para que pudieran con tiempo hablar a todas sus anchas.

De lo que conversaron no se supo nunca, ni se sabrá, porque fue de esas cosas que se presentan de tal manera que no se conocen y ni siquiera es posible imaginar.

Por la tardecita Alberto recogió al viejo Aniceto en casa de su madre y salió tumbo a Ceiba Mocha.

Por el camino trató de conocer de aquellas conversaciones sostenidas por sus padres, pero el viejo se había mostrado evasivo, por lo tanto, no pudo enterarse de lo acontecido; cuando regresara, o quizás al próximo día, visitaría a Felicia, quien seguramente le contaría.

Aniceto hizo la mayor parte del viaje de retorno callado, iba sumido en sus pensamientos, tal vez evocaba recuerdos, la presencia de Felicia, las conversaciones sostenidas con ella, el encuentro con Abella y todo el abrupto proceso sentimental, al que se había visto sometido en los últimos días, seguramente lo transportaban al pasado.

A pesar de haberla visto hacía solamente unos minutos, recordaba a Felicia, como le llegaba a su mente siempre en los últimos años, joven, con su risa que era como una cascada de lozanía inextinguible, con sus manos pequeñas y delicadas, como jazmines recién abiertos, con aquella manera de mirarlo, que era como un imán por la atracción que ejercía en él, y que sentía en la suya tan dulce como la miel, que lo llenaba en sus noches de amor, sintiendo el borbotar de las aguas de aquel arroyuelo, que estaría para siempre en su memoria afectiva, cuando disfrutaba de aquel único baile de amor con ella, que se había tornado infinito en sus recuerdos.

Su corazón empezó a latir en tono doloroso, sintió un ligero y frío sudor en todo su cuerpo, al tiempo que se desfallecía, cerró los ojos en un último intento por recordar al ser amado, un ligero temblor le recorrió hasta las extremidades y quedó inerte definitivamente.

Cuando Alberto se vino a percatar ya había muerto, miró para una señal de las que anuncian el kilometraje de la carretera y se dio cuenta que se encontraba más próximo de la capital que de Ceiba Mocha y viró en redondo en la estrecha carretera, y a todo correr se trasladó a la instalación hospitalaria más cercana, donde Aniceto fue atendido de inmediato por el personal de guardia.

Un médico alto, joven y de ojos claros quien se presentó más tarde con el nombre de Noel, después de reconocer al viejo dijo:

—Lo siento mucho, pero no hay nada que hacer, por las características que presenta, se puede apreciar que hace ya un buen rato está sin vida, según parece, sufrió un infarto masivo.

Alberto solicitó un teléfono y llamó a su casa para hablar con Hortensia, pero después de varios timbrazos sin que le respondiera, le salió al auricular Macho.

—Qué haces tú ahí a estas horas un domingo— preguntó Alberto en tono preocupado, al reconocer la voz de su amigo.

—Hortensia, nos pidió a Olga y a mí que viniéramos para cuidar a los niños, porque tenía que salir con urgencia para la casa de tu madre, la que desde por la tardecita, presenta serios problemas de salud.

—Bien — dijo Alberto y después de colgar salió rumbo a la casa de Felicia, donde se encontró en el portal con Hortensia con los ojos inyectados en sangre de tanto llorar, que al verlo le dijo:

—Murió, tu madre murió, fue un infarto masivo, que no dio tiempo a nada cayó en mis brazos como una palomita.

— ¿A qué hora sucedió? — preguntó Alberto en tono quedo, pasándose la mano por la cabeza, en un gesto que demostraba de dolor y preocupación.

—Hace aproximadamente dos horas — respondió Hortensia.

—Te pregunto la hora, porque, quizás, por una ironía del destino, a esa misma hora y con los mismos síntomas, murió el viejo Aniceto, mientras nos trasladábamos en el auto.

Dada la coincidencia, y por un problema de elemental lógica, decidieron tender a la pareja de ancianos en la misma funeraria, uno al lado del otro.

En la madrugada, Macho que no era un hombre de andar metiéndose en la vida de los demás, comentó con su esposa, Olga:

—Es una cosa muy penosa lo que le ha sucedido a Alberto, y lo peor es que todo ha sido muy raro, es sorprendente que dos personas mueran de lo mismo, a la misma hora, después de tantos años si verse, y haber estado juntos casi todo el día.

Me parece que estamos en presencia de un caso de suicidio colectivo y premeditado.

Urbano, el hermano de Josefa, que se encontraba escuchando, se acercó a la pareja, saludó y dijo:

—Es muy posible que Aniceto conservara desde hace muchos años algún veneno, de esos raros que existen en esas islas recónditas, quizás de alguna sustancia de una extraña planta, o veneno de serpiente, de escorpión, o cualquiera sabe de qué, en fin, algo que seguramente trajo de aquella misteriosa isla del pacífico donde pasó parte de su vida.

Si se acuerda usted bien, recordará que aquella tarde que nos contó sus peripecias y tragedias, dijo bien claramente y en más de una oportunidad, que muchas veces pensó en quitarse la vida.

Todo es verdaderamente raro, no duden ustedes que durante las dos conversaciones que sostuvieron, hayan planeado todo, y que tomaran juntos el brebaje de común acuerdo.

Abella que escuchaba atentamente los comentarios, que ya había oído relatos parecidos con anterioridad, entre otros asistentes, dijo:

—Nada de esto se ha confirmado oficialmente, tuve la curiosidad de personarme en los lugares donde fueron atendidos, y estudiar la certificación de dos galenos distintos, en dependencias hospitalarias también diferentes, las cuales expresan de forma clara y concisa y sin dejar lugar a dudas, que ambos han fallecido, a la misma hora, es cierto, pero por infarto en el miocardio.

Días más tarde, mientras se encontraban sentados tranquilamente en el portal, ya en horas de la noche.

Hortensia, mirando con preocupación al rostro de Alberto, le preguntó:

—Te veo raro después de lo sucedido.

¿Estás bien?

¿No te sientes nervioso?

—Es cierto que estoy raro — respondió Alberto, en tono bajo, como si sus palabras fueran algo ya muy pensado— algo ha pasado en mis sentimientos, la muerte de mis padres al mismo tiempo, cosa que debía resultar espantosa, y me debía llenar de la más infinita tristeza, me ha golpeado de manera importante, no te puedes imaginar cuanto extraño, sobre todo a mi madre, a veces me sorprendo casi llegando a su casa, por el habito de visitarla cada día, y no sabes cuan doloroso resulta comprender que ya nunca más la volveré a ver, ella que fue siempre no solamente mi madre, sino mi compañera y amiga.

Siento una inmensa pena y un profundo dolor me oprime el corazón, pero al mismo tiempo, te debo confesar, que desde el primer instante, he sentido un consuelo infinito que me ha dado una tranquilidad espiritual, que quizás no sea racional, no sé, es como si en el fondo de mi alma me alegrara, porque al fin ellos, que se pasaron la vida añorándose el uno al otro, ahora están definitivamente unidos.

Después durante todos estos días, en mis sueños, casi a diario, veo a mi padre Aniceto y a mi madre Felicia, jóvenes y felices, caminar tomados de la mano, por senderos de una pradera interminable, por el borde de un arroyuelo, entre claros iluminados por una luna llena y nueva, en cada ocasión los veo alegres, risueños, y repletos de felicidad, disfrutando de los múltiples colores y sonidos que les brindaba la madre naturaleza.

## Fin

9 781506 530703